Opere di Giovanni Arpino
in edizione Garzanti

Il contadino Gené (1982)
Leonardo - Un genio si confessa (1982)
La sposa segreta (1983)
La suora giovane (1985)
Rafè e Micropiede (1988)

Giovanni Arpino

Un delitto d'onore

Garzanti

Prima edizione: giugno 1989

ISBN 88-11-66666-X

Un delitto d'onore

Parte prima

I

Grida di donne li sorpresero dietro l'albero.

«Che è stato?» domandò Sabina mettendosi in ginocchio.

Le grida continuavano, tremende. Sabina scrutava, una mano sulla bocca per la paura.

Finalmente videro: prima le figure nere di tre donne che correvano disperatamente lungo il ciglio della collina, poi due uomini che in fretta, piegando sulle gambe, trasportavano una cosa scura e lunga, una bara. Per un attimo apparvero, dondolando, contro il bianco del cielo, poi furono inghiottiti dal verde polveroso dei noccioli, dov'era il cimitero.

«Un suicida» fece Gaetano Castiglia ritornato a sedere: «Lo vanno a seppellire in terra sconsacrata.»

Anche Sabina si era riaccucciata contro l'albero, pallida.

«Non aver paura» le sorrise l'uomo allungando le dita fino a sfiorarle una spalla.

«Sempre i morti mi fanno paura» mormorò la ragazza.

Poi si voltò a guardarlo e il dottor Castiglia mirò a lungo, finché lei abbassò gli occhi, quel volto liscio, perfetto, dagli alti zigomi, la bocca percorsa da un brivido continuo.

Ora Sabina nuovamente guardava avanti, dove la campagna si stendeva silenziosa, con campi di tabacco dal verde tenero sotto il cielo primaverile.

«Se non potrò avere figli, anch'io vorrò morire» disse.

L'uomo respirò con forza.

«Ti voglio dire: finora non ho avuto pensiero per i figli, ma solo per te» le rispose: «Vedrai, ne avremo sicuramente. E saranno onorati.»

Si lasciò andare contro la spalla di lei e la sentì tremante, volle premerle il braccio con la fronte. Subito la mano della ragazza cercò la sua.

«Sabina» le disse a occhi chiusi: «Voglio che tutti, quando solleveranno la testa a guardarti, vedano come un'apparizione.»

Lo sentiva respirare a bocca aperta contro il suo braccio e il fiato di lui andava riscaldandole un breve cerchio di carne sotto la manica.

Stringendogli le dita sussurrò: «Fatemi qualcosa.»

Ma già l'uomo s'era rimesso composto. Fumava, guardava il verde acquoso del tabacco.

«Non sprechiamoci» le andava dicendo come sempre: «Dobbiamo arrivare alla nostra felicità senza esserci macchiati. Il mondo è sporco, ma noi no. Andiamo.»

Erano in piedi e s'avviarono lungo il sentiero senza più guardarsi, lui con le mani in tasca, lei serrandole sotto le ascelle.

«Ancora quella passeggiata: stasera no, per piacere» ebbe il coraggio di dirgli.

«Sì» le rispose senza voltarsi: «Non discutere. Lo sai che mia madre deve vederci.»

Sulla strada li aspettava il carrozzino, Gaetano Castiglia assicurò le briglie, aiutò la ragazza a sedere, il cavallo si mosse lento.

«Non vuoi provare?» le propose offrendogli le briglie.

«Con voi no» si schermì Sabina ridendo.

«Ma dovrai saper guidare presto. Una signora non esce che in carrozza.»

«Anche a Napoli?»

«A Napoli ci sono carrozze pubbliche, e persino automobili» le rispose gravemente.

La strada era polverosa, correva a lente curve tra i campi di tabacco, ogni tanto un contadino sul mulo si scappellava

She's a country girl. He takes her off to marry her?

davanti agli occhi neri, al gran naso del dottor Castiglia, che appena rispondeva al saluto.

«A me, neanche mi guardano,» fece Sabina.

«Impareranno. Sulla vita mia: vedrai, quando porterai il mio nome...»

Ma di nuovo Sabina si stringeva le braccia attorno al corpo nel suo gesto di paura.

«Per favore» ricominciò: «Non portatemi alla passeggiata. No, stasera.»

Castiglia frustò il cavallo che pigramente s'allungò in un galoppo. Ora i monti irpini apparivano più cupi nella luce al tramonto, coi boschi qua e là macchiati come da una lebbra giallastra che nel verde dei castagni aveva aperto vuoti piccoli e grandi, rognosi. La strada puntava su Atripalda e a una curva videro, lontana, la chiazza bianca e rosata di Avellino, larga nella pianura.

«Lasciatemi a Atripalda da mia zia» pregava Sabina.

«No» fu la risposta: «Non discutere. Sai che lo dobbiamo fare.»

Avevano evitato il paese e ora montavano lungo una strada più erta, chiusa tra cespugli di giovani castagni. A una curva due uomini erano fermi, le biciclette appoggiate l'una all'altra. Anche il carrozzino fermò. I due uomini portarono la mano alla fronte per salutare il dottor Castiglia.

«Aspettiamo sempre una vostra visita, dottore,» sorrisero.

Avevano musi stretti e scuri, e sulla nera camicia spiccavano alcuni nastrini, una medaglia.

«Dottore» riprese il più piccolo dei due: «Se volete favorirci... Al nostro circolo, sabato sera, c'è l'avvocato Farina. Un milanese, sapete...»

«Può darsi,» sorrideva Castiglia.

«Dottore, appena faremo il governo, eh?, voi sarete il nostro sindaco...»

«Non corriamo, non corriamo» sorrideva Castiglia socchiudendo le palpebre.

Avviò il cavallo, i due ancora salutavano con la mano alla fronte, poi aperta in alto.

«Chi erano?» domandò Sabina.

«Niente. Fascisti. Mi vogliono con loro.»

«E che sono?»

«Politica. Una signora mai parla di politica.»

«Ma veramente vi faranno sindaco?» rise piano Sabina, contenta.

Gaetano Castiglia si strinse nelle spalle.

«Beh, è gente che ha le mani lunghe, magari arriveranno davvero al governo. Ma a me queste cose non interessano.»

Non si guardavano, Sabina con il mento sul petto e le braccia intrecciate fissava il fondo della carrozza.

Erano alle prime case di Montrone. Il cavallo fermò.

«Andiamo,» disse Castiglia aiutandola a scendere. Poi s'avviò decisamente.

Sapeva di dovergli stare al fianco e s'affrettò per raggiungerlo.

La strada, avanzando tra le case, diventava più stretta, nella penombra la gente sulle porte guardava.

II

«Su gli occhi» le aveva mormorato tra i denti.

Ma Sabina gli camminava al fianco a testa bassa, sentendosi studiata dagli sguardi rapidi di tutti, sentendo i saluti che dalle porte stormivano, sussurrati o scanditi, fino a lui, e ai quali il dottor Castiglia rispondeva brevemente.

Lo sapeva offeso per la vergogna che lei teneva in corpo, ma proprio non riusciva a staccare lo sguardo dal selciato. E camminava male, perché la straducola era divisa da un filo d'acqua di scolo e sulle pietre inclinate, con l'uomo al fianco che procedeva impettito, una scarpa le si torceva verso l'esterno. Finché la strada finì e Castiglia, fermo, cominciò a parlare.

«Non come ieri sera,» le comandava sottovoce: «Il braccio devi tenermi, hai capito? Sennò come potrò parlarle? Come potrò metterle in testa che non si tratta di una ragazzata, ma che invece mi espongo, voglio espormi sempre più?»

Ripresero a avanzare. Ora la straducola era inghiaiata, perché portava in pochi metri alla casa dei Castiglia, l'ultima del paese, tozza e rosea dietro un simulacro di giardino.

«Il braccio,» si sentì ordinare e allora gli infilò una mano sopra il gomito.

«E parla, non stare zitta, già ci ha visti, parla,» le arrivava ancora addosso.

«Muoio di vergogna,» gli rispose.

Procedevano lentissimamente, proprio diritti al terrazzo dove, alla sera dopo il tramonto, la vecchia e semiparalitica signora Maddalena Castiglia si faceva traslocare per un po' d'aria. Di lassù dominava la fetta di strada inghiaiata, il fantasma rugginoso di una palma in giardino, e quindi il figlio che con Sabina al braccio passeggiava su e giù, fino all'ora del pranzo.

«Oggi è giovedì, c'è anche lo zio arciprete,» diceva Gaetano. «Li vedete?»

«Non ho bisogno di guardare.»

«Mai lasceranno che vi sposi.»

Il dottor Castiglia rise tra i denti chiusi.

«Sì, sì, vedrai che sì. Soltanto voglio che mia madre lo dica con contentezza. Potrei minacciarla, dirle che torno in America, che prendo casa a Roma. Ma non sarebbe da uomo. Oh, vedrai che sarà sì, e ci benediranno, e sarà proprio lo zio arciprete a sposarci. Già me lo vedo.»

«Diranno che sono troppo giovane per voi.»

«Perché hai diciassette anni e io trentanove? Mia madre, lei sì, sposò un uomo più giovane.»

Erano a pochi metri dal cancello del giardino, voltarono per ridiscendere. Qui, con le spalle al terrazzo, Sabina più acuta provava la vergogna.

«Ma quando sarà?» domandò in un sospiro.

«Presto,» fece lui, sicuro: «Appena avrò il consenso lascerai il paese. Bisogna finirla con quell'osteria, con tua zia che ti fa servir vino ai carrettieri. Andrai dall'altra tua zia, a Atripalda. Ti prenderò una casa. Imparerai a leggere e a scrivere. Sarà bello quando potrai scrivermi la tua prima lettera, eh? E preparerai il corredo. Guiderai un carrozzino. Tutto dovrà essere perfetto. E appena saprai scrivere potrai darmi del "tu".»

Lo ascoltava, come mille altre volte già perduta in quella casa a Atripalda, che immaginava rosa, con due palme, la luce elettrica. Là, per un anno, avrebbe imparato a essere una signora.

Aveva paura, e voglia di ridere. A capo basso, camminando, si vergognava delle sue scarpe da contadina.

«Voglio presto l'estate» disse: «Almeno qualunque vestito fa figura. Mi vergogno a esser qui con questi panni.»

Le dita di lui le strinsero il braccio.

«Non mi piace l'estate» lo sentì dire duramente: «Non mi piace. Tu... quelle vesti...»

S'erano fermati un attimo davanti allo strapiombo che dava sulla valle. Le luci di Avellino tremavano, lontane, e i monti stavano disegnati neri contro il cielo. Un mucchietto più minuto di luci era Atripalda. Sotto la volta ancora chiara, senza stelle, la pianura non mandava un respiro.

Le dita di lei tenevano appena la stoffa della sua manica.

«Scommetto che ci guardano col binocolo» disse Castiglia: «E lo zio non smetterà un minuto di darle ragione, pauroso com'è...»

«Lasciatemi andare,» pregò Sabina.

Alzò gli occhi e lo vide: pallidissimo, con i denti che stringendosi spingevano in fuori, sotto la pelle, l'osso della mandibola.

«In quell'osteria devo lasciarti tornare,» disse: «A servir vino ai cafoni ubriachi. Questa vergogna deve finire subito, o impazzirò. Tu hai da essere onorata, tu... Giurami!»

La bocca di Sabina tremava davanti allo sfogo di lui.

«Giurami che nessuno mai ti rivolge parola, o fa gesti, o mai li ha fatti.»

Gli rispose assentendo col capo.

«Per strada non guardare in faccia nessuno. Se dicono una parola non rispondere, una signora non risponde mai, non sente addirittura. Ma mi ripeti poi tutto, domani. Voglio sapere se c'è gente nemica, che osa.»

Lo ascoltava a fronte china, le dita intrecciate sul grembo.

«Non capisco perché non lo diciate voi a mia zia» rispose alla fine: «Lo sapete, ve l'ho detto, una parola vostra e lei non mi farebbe più servire nell'osteria...»

Ma già conosceva la risposta.

«Non voglio aver a che fare. Solo con te. Non devo sposare i tuoi parenti, non voglio parlare con loro. Non puoi capire. Devo avere il consenso di mia madre, poi andrai a Atripalda...»

Lo ascoltava guardandolo, correndo con gli occhi su di lui, dalla fronte alle labbra, accesa.

Poi: «Vado» disse.

Si strinsero le mani, quindi Sabina s'avviò verso il nero imbuto del paese.

Piazzato immobile al limite della strada il dottor Gaetano Castiglia la seguiva con gli occhi. Malgrado l'ombra della sera poteva dominare il paese fino alla cappella, dove cominciava la discesa per Atripalda. A gambe larghe, le mani sprofondate nelle tasche, numerava ogni passo di Sabina tra i muri bui, dove la gente era appoggiata a guardare.

A metà strada Sabina attraversava, spariva dietro la porta dell'osteria, il dottor Castiglia rimaneva fermo un attimo a guardare il vuoto, quasi aspettando.

Poi udiva, alle spalle, suonare la campanella del pranzo.

Era uno sgarbo quello che la madre commetteva, facendo suonare prima che lui rientrasse. Ma era troppo tardi per impedirle di essergli ostile. Solo affrontandola con tutta la buona volontà, con tutta la devozione di figlio avrebbe potuto aver ragione della resistenza materna.

Era notte, ormai, un vento tiepido spiumava dai monti.

Girò sui tacchi, lentamente avviandosi verso il cancello vide accesi i lumi nella saletta da pranzo. Doveva essere calmo, padrone di sé, volle promettersi di mai alzare la voce.

wants her to be approved by his mom.
Takes her to the priest (his uncle)

III

Dopo il pranzo i Castiglia non lasciavano subito la tavola.

La signora Maddalena e suo cognato, l'arciprete, amavano attardarsi con un ultimo bicchiere di vino, il caffè, mentre la ragazza sparecchiava.

I discorsi tiravano avanti tra gli andirivieni della cameriera che i commensali, con piccoli gesti, aiutavano sfilando un angolo della tovaglia, allontanando una tazza.

Finché i Castiglia restavano soli nella saletta, dove il poco lume riduceva a grosse macchie nerastre i quadri di paesaggi e il grande ovale della fotografia di Vincenzo Castiglia, morto tant'anni prima in un incidente di caccia.

La ragazza era uscita con le ultime tazzine vuote e ora l'arciprete mordeva il suo sigaro. Il dottor Gaetano fissava immobile il piano nero del tavolo, la signora taceva.

«Me ne potrei andare» tentò l'arciprete.

«E perché, zio?» fece Gaetano senza alzare gli occhi: «Questo è un discorso di famiglia. È inutile che vi nascondiate. Non stasera.»

«Ma io che c'entro,» s'agitò subito l'altro muovendo le mani: «Io non conto, sapete...»

Era alto, troppo magro per quel suo viso paonazzo, tutto vene, appiccato su un corpo che nuotava nella veste nera.

«Ha ragione lui: restate,» comandò la donna.

E alle parole della cognata don Alfonso Castiglia, come sempre, non replicò.

Povero prete, la sua fortuna contava sulla benevolenza

della signora Maddalena. Lei, con i cento ettari di terreno a tabacco, i settanta muli, i boschi di castagni e le proprietà a Salerno, a Vietri, sposando Vincenzo Castiglia non solo aveva risollevato un nome di avvocatucoli senza destino, ma teneva in mano le possibilità di favorire, da vicino o da lontano, un arciprete privo d'appoggi.

«Come volete,» disse quindi don Alfonso, rassegnato.

Ma stava sulle spine. Più che una tempesta di parole tra madre e figlio, pativa quel silenzio, i gesti dei due che non si guardavano.

Finché la signora Maddalena cominciò.

«Qui, credete, è entrato di tutto. In questa casa, voglio dire,» esordì a capotavola: «Ma il ridicolo, che è più della vergogna, ancora dovevamo vederlo.»

S'era rivolta all'arciprete, quasi continuasse un discorso chiuso tra loro due. Don Alfonso succhiava dal sigaro, seguiva con disperata attenzione il fumo che dalla lunga cenere si staccava in ondate massicce.

«Il ridicolo,» aveva ripetuto la donna fermamente: «Mi sono spiegata?»

Ma Gaetano Castiglia sentì che sotto quell'asprezza la madre già era incerta, avversa ma indebolita. E si rallegrò vedendo quella faccia scomporsi in mille rughe nervose, che dicevano quanto la donna, nei suoi pensieri, fosse ormai più preoccupata, addolorata che contraria.

«Due volte avrebbe dovuto sposarsi, appena tornato dall'America» seguitava la signora Maddalena rivolta al povero cognato: «Ma no: erano figlie degne di lui, e allora no. Questa ci voleva, capite? Tenete!»

E rapida fece scivolare sul tavolo una lettera, sollevandola dal grembo.

La mano del dottor Castiglia fu lesta a afferrare il foglio, lo stracciò dopo averlo tenuto stretto nel pugno.

«Anch'io ne ho ricevute di lettere anonime: tre, quattro,» disse, ma calmo: «Eppure non ho voluto leggerle. Non c'è invidia che valga un respiro di quella ragazza, capite? Capisci, mamma? Me le vengano a dire in faccia, le loro porcherie, gente nutrita di veleno!»

«Certo che gli anonimi...,» esalò don Alfonso.

La signora Maddalena si teneva le mani sul viso. Gli anelli infilati nelle dita secche, dalle grandi vene, brillavano nel raggio del lume.

Fu qui che don Alfonso approfittò per far segno al nipote di non riscaldarsi. Con brevi cenni delle mani, dei sopraccigli, sporgendo le labbra, gli raccomandò la pazienza, il dovuto rispetto. Sorrise poi alle mute conferme di Gaetano. E osò aprir bocca.

«Certo,» sospirò: «Con tutte le brave figlie che si trovano in questa provincia. La volevi ricca? E ne mancano forse, tra Avellino e Salerno? La volevi povera? Almeno che sia stata in un buon convento. Ma non le hai mai guardate, nipote mio, quelle figliole di Mercogliano? Le orfanelle dell'Istituto, dico: fiori santi sono, fiori santi...»

Aveva parlato troppo, s'accorse di aver dato aria per nulla. Finì in un borbottio intimidito, nuovamente proteggendosi dietro il fumo del sigaro.

Le dita della donna erano tornate sul piano del tavolo, anche la voce si indebolì.

«Ma che sei stato a fare in America?» disse guardando finalmente il figlio: «Cosa hai imparato in quella Boston? Solo la chirurgia? Sei tornato apposta per sposare un'analfabeta, una serva d'osteria? Io non voglio dir niente: sarà l'angelo che sostieni tu, una madonna potrà essere. Ma non ne vale la pena lo stesso. Ma hai pensato a che figli ti farebbe?»

Gaetano aveva ascoltato a fronte bassa.

La donna continuava: «Sei un dottore, una personalità, e ti vuoi buttare con una cafona. Che non potrai far ricevere dove ti inviteranno, che ti farà vergogna. Poverina sì, senza colpa, e va bene, ma che ti è troppo indietro, che non potrà servirti in niente...»

Ora respirava a fatica, le dita sempre distese sul tavolo, quasi a sostegno. Gaetano alzò la fronte e vide don Alfonso che sottolineava con brevi, affermativi cenni del capo le ragioni della cognata.

A quei cenni la signora Maddalena ripigliava fiato per aggiungere ancora una parola, un disprezzo.

«Quelle mani d'osteria dovranno chiudermi gli occhi...»

Poi, rivolta al figlio: «Bel cavallo bianco ti sei scelto, poverino mio.»

«Quale cavallo?» interrogò Gaetano.

La madre fingeva un sorriso.

«Non ti ricordi quando venivi nella mia stanza, bambino? Ti domandavo cosa avresti voluto essere da grande: per anni hai risposto che volevi solo un cavallo bianco...»

«Che c'entra...»

«C'entra, c'entra, cerca di capire,» sospirò la donna socchiudendo gli occhi.

Lui cercava le parole per cominciare. Ciò che aveva da dire gli si arruffava in petto come un viluppo d'ortiche. Sentì sulla tempia lo sguardo della madre, più trepido, doloroso.

«Non dovresti far di tutto per offendere,» le disse.

«Io? Io che cerco di proteggerti da te stesso? Figlio mio...,» ma non continuò.

A don Alfonso parve questo il momento di schierarsi a fianco della cognata.

«Non è lei a offendere,» tentò: «Tu, coi tuoi errori...»

«Ma state zitto,» lo interruppe bruscamente il dottor Castiglia: «Voi è la prima volta che vi trovate qui a sentire queste cose. Tra mia madre e me...»

Alzò le palme in avanti.

«Lasciatemi dire,» riuscì finalmente a esprimersi: «Volete sapere come mi sento veramente? Guardate che dopo, però, non ne discuterò più. Ora mi spiego, va bene?»

Don Alfonso trafficava con i fiammiferi, spaventato, la donna s'era chiusa il viso tra le mani.

«Che ne sapete voi delle delusioni che ho avuto?» seguitò Gaetano a bassa voce: «Ero in America, stavo bene, ma solo, solo come non ne avete idea. Avevo soldi, sì, ma tutto era schifoso. Boston, gli americani, schifosi. Ma sapete perché non sono mai stato a New York, eh? Mai da Boston mi son mosso, e avrei potuto. Non potete averne un'idea. Poi viene la guerra e io faccio domanda per rientrare. Riesco a tornare solo a guerra finita. Niente sono riuscito a fare veramente, neanche la guerra. E oggi due di quei fascisti mi salutano in mezzo alla strada. Loro sono qualcosa, con medaglie e nastrini presi in guerra, persino loro. E mi vogliono sindaco, mi vogliono al circolo, perché li illustri, perché sono un signore. Se fossi stato in guerra comanderei loro e tutti, quaggiù. Avrei impegnata la vita. Ma capite?»

Rimase a bocca aperta un attimo, senza guardarli in faccia, pallido.

«Impegnare la vita,» riprese trangugiando: «Sì, ma come? Non sono più un giovanotto, non sopporto le arie dei grandi medici negli ospedali. Mi spaventa l'idea di stare a Roma. E che faccio: metto uno studio qui a Montrone, a Avellino? Per curare le pance dei cafoni? Con un'infermiera che ha smesso di zappare cinque minuti prima, eh? Io voglio stare in pace, e qui. Posso far niente, dedicarmi a lei, e fare di lei una signora, come serve a me. Così mi parrebbe di avere un senso, avete capito?, capisci o no, mamma? Tutto è noioso, è sporco. Il mondo mi fa schifo: è colpa mia? E questa ragazza invece mi fa voglia di campare. Mi fa bene, io so che mi fa bene alla salute, che m'impegna...»

Restò lì, pallido, a guardare il piano del tavolo.

Gli occhi della donna cercavano quelli di don Alfonso.

«Avete sentito?» disse: «E come posso io combattere con queste cose? Sono stanca, e lui quasi mi mette in colpa, come se fossi io a volere il suo danno.»

L'arciprete tossiva, arrossiva alla fronte.

«Dite qualcosa anche voi, parlate,» finì per comandargli la cognata: «Avanti.»

«Questo è uno sfogo, è come una confessione,» mormorò caoticamente il pover'uomo: «Qui ci troviamo...»

Brancicava con le mani.

«Sono tutte buone ragioni» proseguì in fretta: «Se volete, possiamo indagare, parlare con questi zii della ragazza. Forse, mettendo le mani avanti subito...»

Non seppe come concludere.

«Le mani avanti, sì» riprese la donna sospirando, il mento sulle nocche: «Ma perché m'è toccata questa fatica? Non so neppur più perché debbo ostinarmi tanto. Lui dice che gli fa bene alla salute...»

«Sono cose gravi,» borbottò don Alfonso, confuso.

«Così dovete fare,» riattaccò il dottor Castiglia: «Mamma, puoi farli venire qui. Anche la zia che sta a Atripalda. Ti diranno loro se non è la bontà e la purezza in persona. E potrai finalmente vederla in faccia, se vorrai.»

Di nuovo la donna s'era coperta il volto, con le dita premeva gli occhi come se le dolessero.

«Lo farò, visto come ragioni. Non voglio esser detta io la tua disgrazia,» mormorò. Poi, subito, dura: «Digli pure che vengano, si troveranno a lezione. Almeno un po' di spavento glielo metterò addosso, no?»

Don Alfonso provava a sorridere. S'era alzato, passeggiava nella veste svolazzante, su e giù dalla finestra al tavolo, attento alla cenere del sigaro.

La donna con la pressione delle dita scostò la sedia a rotelle. Lesto il figlio le fu alle spalle.

«Ti aiuto io, stasera,» disse ridendo nervoso.

Don Alfonso cominciava i saluti.

«Non sforacchiate tanto con gli occhi,» lo derise la donna: «Il vostro cesto è di là.»

«Buonanotte, buonanotte, Dio vi benedica,» ripeteva il vecchietto.

Dalla porta, col cesto delle provvigioni in mano, ancora salutava, fingendo un inchino.

«No, no,» strillò la signora Maddalena.

Ma già aveva dovuto aggrapparsi al figlio, che la reggeva sulle braccia.

«Lasciami fare,» rideva lui.

Con precauzione salì le scale, un gradino dopo l'altro. Obbedendo all'invito della madre, superata ogni porta allungava cautamente la mano per girare gli interruttori e far buio alle spalle. Sentiva tra le braccia il peso leggero, inconsistente, come di uccello impagliato. La depose sul letto.

«Fammi restare un momento» le disse.

«Voltati» gli comandò.

Docilmente girò le spalle, aspettando che si fosse acconciata sui cuscini. Guardò il divano, le poltrone trapuntate che con le loro scure stoffe fiorite ingombravano la stanza.

«Quando esci, sveglia Amalia. Non so spogliarmi bene da sola.»

«Sì mamma. E grazie» le baciò le mani.

«Non qui se hai da piangere, d'accordo? Troppo ho visto tuo padre piangere qui dentro. Forse perché doveva coricarsi con me...»

«Ma...»

«E lasciami dire!»

La guardava e quel viso giallastro, non più protetto dalla cipria, pareva immergersi in un risolino, subito dopo pareva chiudersi improvvisamente, seccato come una prugna, per riaprirsi infine in rughe diverse, più molli.

«Davvero mio padre piangeva?»

La donna lo guardava, col suo risolino muto.

«Piangeva, rideva. Era il bere, non darti pensiero, solo il bere malinconico...»

«Io credevo...»

«Non era felice con me, né io con lui. Ma ci siamo sempre rispettati, ah sì, mai alzando la voce, perché una cosa non ci mancava: l'educazione. Caro mio...»

Gaetano teneva la testa appoggiata al risvolto del lenzuolo, vicino alla mano di lei. In ginocchio, godeva nel sentirsi debole, svuotato d'energia dopo tante cose dette.

«Non sapevo che fosse stato difficile tra voi due...»

Ancora la donna rideva quietamente.

«Portar superbia costa caro,» disse.

«Ma papà non era superbo, lui...» cominciò Gaetano.

«Io lo ero» rise la donna: «E ora va', lasciami riposare.»

Non si mosse.

«Lasciami ancora qui, mamma. Ho tante cose da dirti. Quella ragazza...»

La mano della madre si sollevò dal lenzuolo, l'accarezzò un attimo lungo la tempia.

«Non avrei dovuto mandarti in America. Abbiamo perso tempo. Ho sbagliato,» sospirò.

Sotto le dita che l'accarezzavano Gaetano agitò la testa, come per protestare.

«A Roma avrei dovuto mandarti,» continuava lei: «A Roma. Tuo padre una sola volta fu obbligato a portarmi. Quasi scoppiai a vedere le belle donne che c'erano... Roma era la città che faceva per te.»

«Non parlare a questo modo,» le disse: «Hai torto a trattarmi come se fossi un ragazzo.»

«No» rispose lei, tranquilla: «Sei un uomo. Ma debole, troppo, troppo debole. Come tuo padre. Che però era pieno di vita, era uno scoppio di allegria.»

La mano si faceva più insistente nella carezza.

«Quella ragazza,» ricominciò Gaetano.

«Proprio devi parlarne?»

«Veramente. Sì. Sempre l'ho nel cervello.»

La donna respirava adagio.

«Ma lasciami dire, figlio mio: ha servito in un'osteria, e tu che sei uomo dovresti saperlo più di me cos'è un'osteria.»

«Ma ti posso giurare. È una santa. Un'ingenua che... Ma io ucciderei, sai?, ucciderei...»

La mano passava sui capelli, sentiva sbattere la vena della tempia.

«Che fatica vuoi fare, figlio mio. Proprio tu, con la tua pigrizia...»

«Non sono pigro.»

La donna riprese il suo ridere sottovoce.

«Come no? Ieri, solo ieri è venuto il figlio del contadino a chiederti di insegnargli come si fanno le iniezioni. E neppure questo hai voglia di fare!»

Gaetano scuoteva le testa.

«Ma questa non è pigrizia. Perché devo insegnargli certe cose? Ma stia al suo posto. Venga in cortile a aiutare suo padre, se ha intenzione di sgobbare. Le iniezioni: ma guarda cosa si mettono in testa. Non è per pigrizia, mamma, è per principio.»

«A lei invece sei disposto a dar tutto, no? Non riscaldarti, adesso. Pensa, invece: ma lei sa che regalo le stai facendo? Ma lo capisce?»

«Lasciami stare qui,» disse ancora Gaetano con la guancia sul lenzuolo, a occhi chiusi: «Lasciami dire. Parliamo. Quella ragazza, lo sai, è orfana. Io mi sento suo padre e suo fratello. Perfetta la voglio costruire. Perfetti dovremo essere...»

IV

Le teneva la mano, correva col polpastrello lungo le unghie, premendole appena.

«L'America,» ripeté: «Mai più.»

«A me piacerebbe venirci con voi. Qui dovremo fare tanta fatica. Ma tanta,» disse Sabina.

Si muoveva un'aria fresca tra i castagni. Un temporale, il giorno avanti, aveva ravvivato gli odori primaverili.

«No, noi staremo qui. E tutti dovranno crepare d'invidia» rise Gaetano Castiglia a bocca aperta, eccitato: «Crepare notte e giorno. Mangiar fiele, dovranno. Vedrai cosa sembreremo noi due, altro che America!»

Lei non rideva. Se ne stava a ascoltarlo con quella sua ruga giovane tra gli occhi.

«Perché vi preoccupate tanto degli altri?» volle poi dirgli, spaurita: «Se mi volete bene, che importano gli altri? Perché ci pensate sempre?»

«Ho piacere che ci invidino,» fu la risposta.

Le aveva lasciato la mano e coglieva un filo d'erba, lo spremeva finché le dita gli si erano inumidite di succo, lo gettava via dopo averlo stropicciato.

«Ho sempre paura,» mormorò Sabina.

«E di che?»

«Che non sia possibile, che succeda qualcosa. Certe volte ho paura che la contentezza m'ammazzi, e poi invece ho paura di morire prima, così.»

Aveva parlato arrossendo. Ora, di nuovo sbiancata, lo guardava con occhi accesi.

«Ditemi che sono stupida,» fece accalorandosi: «Lo sono. Battermi dovete, io non capisco mai. Voi troppo mi rispettate!»

Lui allungò una mano, l'accarezzò dai capelli alla guancia.

«Avrai un bel carrozzino e un cavallo, e andrai al pellegrinaggio di Montevergine col tuo sacrosanto cavallo infiocchettato. Come le signore di Avellino. E porterai guanti di velluto, mi senti? Lunghi fin qua. E quando saremo sposati avrai cappelli con la veletta.»

Lei sorrideva, a occhi socchiusi.

«Non parli mai con me. Tua zia dice che non stai mai zitta. Vedi? Questa non è confidenza. E noi dobbiamo averne di confidenza: con gli altri non devi parlare, con me sempre. Adesso: cosa pensi?»

Ma Sabina s'era chiusa nelle spalle, pallida, poi rosea, e subito nuovamente spaurita.

«Non ho il coraggio,» disse appena: «Di voi ho soggezione. Io vorrei dire, ma non riesco. Non lo faccio apposta, ma non riesco. Tanto avrei da dirvi, ma...»

Si coprì subito la bocca con la mano.

Poi, subito in riso: «La zia di Atripalda dice che se non vi piglio m'ammazza.»

«E ha ragione,» rise anche lui: «Sono io che t'ammazzo se non mi vuoi. Perché la nostra felicità dovrà essere d'esempio a tutti. Nessuno avrà mai visto persone come noi...»

Sabina respirava, il mento sul petto, la riga bianca le divideva i capelli, sottile.

«Castiglia,» disse piano: «Sabina Castiglia. È bello, suona bene...»

Gaetano riempì d'aria i polmoni.

«Devo venire a vedere la casa di Atripalda,» cominciò: «Da quando tu e tua zia siete entrate non vi ho più messo piede. Per la gente, capisci: non voglio che possa dire mezza parola. Hai comperato le tende?»

«No,» rispose lei sottovoce.

Si restrinse sotto lo sbuffo arrabbiato di lui.

«Dovevi farlo già l'altra settimana.»

«Ve l'ho detto. Mi fa paura spendere. Perdonatemi.»

«No, non ti perdono. Voglio che tu spenda. Devi saperlo fare, tutti i giorni devi entrare in una bottega e comperare una cosa, una cosa al giorno.»

Le batteva la mano sulla spalla.

«Sì, ma sapete che mi vergogno,» si difese Sabina.

«I soldi che ti ho dato: dove li hai messi?»

Sabina scosse le spalle.

«Dove?»

«Nel baule, nel baule...»

«Devi tirarli fuori, devi comperare le tende, e tutto il resto, la tela, le cose che ti ci vogliono per il corredo. O vuoi che mi decida a parlare a tua zia, eh? E poi ti serve un uomo, un vecchio: per il carrozzino e il cavallo. Ti arriveranno domenica. Devi obbedirmi, capito?»

Sabina assentiva, la fronte ostinatamente bassa. Finché lui la circondò con un braccio, attirandola a sé, ebbe all'orecchio la bocca di lei.

«Stanotte ho sognato,» gli soffiò Sabina in un respiro: «E vi baciavo sulle labbra e sui denti...»

Sentì il caldo della sua bocca corrergli fino alla nuca.

«E poi mi sono svegliata e ero piena di calore, ma tutto un calore vostro...»

Cercò di allontanarla, lei resistette, gli puntò la fronte contro la spalla.

«Qualcosa,» gli disse piano, come dolente: «Fatemi qualcosa, non disprezzatemi così...»

Aspettò che si sciogliesse in un respiro per staccarla da sé, la guardò negli occhi.

«No,» le volle dire, calmo: «Niente dobbiamo fare. Solo

aspettare il tempo nostro. Se cominciamo tutto precipita... E non dire che ti disprezzo, sei pazza? Parliamo, invece: impari a scrivere?»

Ancora affannata, stupefatta, assentì.

«So l'alfabeto.»

«Avanti, recitamelo.»

Cercava di schermirsi, si premeva le dita sulle labbra.

«Devi recitarlo. Basta con questa tua vergogna.»

«Anche voi avete vergogna!» osò.

«Non è vergogna la mia. È rispetto. Intendi? Rispetto!»

«Perdonatemi,» la udì mormorare.

Rimase un attimo silenzioso, sentendo il sangue defluirgli dal viso e la malinconia in corpo, morbida, pronta, incupirsi.

«Se tu capissi questo rispetto,» riprese poi faticosamente, ma minaccioso: «Apprezzeresti la tua fortuna. Fortuna tua e mia.»

Non seppe continuare, si mordeva le labbra.

Le palpebre reclinate, Sabina gli stava davanti impietrita.

«Un uomo d'onore,» le fece ancora in un fiato: «Tu mettiti in testa il nome che porterai, e l'onore mio!»

«Scusatemi,» sospirò Sabina.

Ancora indurito la fronteggiò, fissandola diritto alla radice dei capelli, come a penetrarla. Tirò poi il respiro, e allora timidi gli occhi di lei si sollevarono a guardarlo.

«E ora: avanti. L'alfabeto,» le comandò.

E lei voltò la faccia ai castagni, seria, per cominciare. Dopo un minuto le lettere le sfuggirono di corsa, in un rotolio appena rotto da inizi di risa.

«Ma scrivere hai cominciato?»

«L'alfabeto sì, l'ho ricopiato tante volte,» gli rispose: «Oh, mai avrei creduto che fosse così facile. Ma proprio facile.»

«Vedrai che sarà sempre più facile. E poi imparerai i numeri, così potrai contare.»

«I soldi li so contare.»

«Ma devi saperli contare sulla carta. Addizione e moltiplicazione. È diverso. E poi ti aiuterò io stesso a farti una bella calligrafia, una bella scrittura da signora.»

«Mi piace imparare. Riuscirò a leggere libri?»

«Se vorrai.»

«E il pianoforte? Una volta m'avete detto il pianoforte.»

«Quando saremo sposati, più tardi. Allora potrà venire un maestro o una maestra in casa.»

Un fischio li fidestò. Era il treno, tagliava un angolo lontano della pianura. Subito fu ingoiato da una galleria e sparì lasciando groppi di vapore a sfioccarsi sui campi.

«A Napoli,» disse Sabina: «Sapeste quanto ci penso.»

Gaetano Castiglia aveva tirato fuori un taccuino e una matita.

«Guarda,» fece: «La tua firma. Sarà così.»

Cominciò a muovere la matita, allineando lentamente le lettere di nome e cognome una dopo l'altra, alte e chiare. Poi, rapido, chiuse in un gran nodo con un lungo svolazzo.

«Mai riuscirò così,» disse Sabina, la testa ripiegata a ammirare.

«Invece sì, e benissimo. Anche meglio,» rise l'uomo strappando il foglietto.

«Non buttatelo via,» gridò Sabina afferrandogli il braccio: «No! Perché? Potevo mostrarlo a mia zia.»

Gaetano Castiglia si era alzato. Ridendo le porse la mano per aiutarla. Imboccarono il sentiero per raggiungere il carrozzino. Camminando tra i castagni sentivano il profumo della terra appena umida, qua e là chiazzata da larghe pietre muschiose. Il sole tra le foglie era ancora alto, dal convento di Montevergine scendevano, a strappi, le note di un coro.

Il dottor Castiglia con la punta della scarpa rimosse un sasso. Sotto si agitavano larve bianche, palpitanti nel terriccio umido.

«Vedi che il mondo è schifoso?» disse.

«Perché? Saranno uova di bestie. Io non ho schifo,» rispose Sabina.

Teaches her how to write (signature)
they get in the carriage to go to her aunt to show her what she wrote

Il tacco dell'uomo s'appoggiò sul terriccio a schiacciare l'impasto delle larve.

«E allora pensa alla pancia di un malato, piena di budelli marci che puzzano,» disse Castiglia: «Vedrai se non provi schifo...»

«Quello sì, ma è un malato.»

«Gli studi di medicina mi hanno dato il disgusto di tutto,» concluse Castiglia.

Avevano ripreso a camminare. L'uomo allungò le dita per carezzare la guancia di lei.

«Solo tu,» fece: «Solo tu, bella e santa. Dovrai volermi bene sempre.»

«Questo è il mio sentimento,» balbettò Sabina.

Poi gli si chiuse contro, stringendolo con ogni forza. Ma per allegria, perché subito ebbe un risolino, sollevò la testa.

«Sapete, ci sono delle amiche che vengono a trovarmi. La zia non le lascia entrare, perché ha paura di voi. Ma io parlo con loro dalla finestra. Vogliono sempre che racconti cosa facciamo, come siete. Io glielo dico: che siete un signore, che facciano anche loro i voti a Montevergine se vogliono un signore, che nemmeno sanno cos'è...»

Le sorrideva, ma pensieroso.

«Che amiche,» domandò.

«Oh, niente. Ragazze. Se non volete non le vedo più.»

Le baciò la fronte.

«Non è che non voglia. C'è che non devi più aver confidenza con nessuno. Adesso sei un'altra. Ma proprio un'altra ragazza, mettitelo in testa.»

«Ma come posso osare, quando sono sola?»

«Devi startene appartata. Anche in chiesa, a messa, per la strada, nei negozi. Appartata. Far vedere che non hai niente da spartire con gli altri.»

«Anche con la zia?»

«Anche con lei, ma dopo, quando saremo sposati.»

Il cavallo scendeva con prudenza sulla strada polverosa.

«Credete che potrò aiutare la zia di Montrone, a Pasqua? In quei giorni, all'osteria...»

«Zitta,» le fece: «Ma sai cosa dici?»

«È solo che...»

«Zitta. T'ho tirata fuori da quell'osteria e ancora ne parli. Ho appena finito di dirti che non devi aver confidenza con nessuno e tu... Ma non capisci?»

Aveva fermato il cavallo, voltandosi sulla panchetta le parlava a voce bassa, furiosa.

«È là che vuoi restare? Con gli ubriaconi? Ti piace quel che dicono? E avanti, parla: cosa dicono, che cosa!»

Lei aveva le mani sulla bocca.

«Parla. Di' quel che ti proponevano. Dillo una volta, confessa!»

Negava, negava con la bocca coperta, spaventata.

Aizzò il cavallo, che ebbe un tremito prima di riprendere la discesa.

«Non dobbiamo più pensare a quei tempi,» ripigliò, calmo: «Né tu né io. Ma non devi farmici pensare mai, mai. Tu, che non sai niente: non sai come per notti intere ho pensato ai bicchieri che riempivi, portavi, lavavi. Non devi più far parola.»

«Mai siete venuto a prendermi là dentro, però» gli rispose.

«Questo volevi?»

«Non capitemi male. Ma sarebbe stato bello se foste venuto una volta.»

«Mille volte l'ho pensato. Sarei entrato a scacciare tutti a calci. Ma te l'ho detto: mai più una parola.»

Alla curva il cavallo aveva preso un suo trotto lieve, la strada essendosi distesa. Col sole alle spalle, al secco dondolio del carrozzino, avanzarono senza parlare. Finché le case di Atripalda apparvero oltre le piantagioni di noccioli.

«Un altro sogno ho fatto,» disse poi lei fissando in avanti: «Ma non l'ho capito. Spiegatemelo voi. Ho sognato di nuotare. Ma più che nuotare stavo distesa sul fiume, e andavo avanti senza fatica, piano. E sotto, sul fondo del fiume, camminavano tigri. Andavano avanti lente lente, come lenta nuotavo io. Tante erano e l'acqua era chiara, le vedevo bene. Non avevo paura. Adesso però ce l'ho, se ci ripenso. Che sogno è?»

Ma lui appena l'aveva ascoltata.

«Tu non sai cos'è il bene,» le disse cupamente: «Io, se tu fossi malata, avrei paura a visitarti, mi fiderei piuttosto di un medico qualunque. Sai perché? No, tu non sai cos'è voler bene.»

Sabina taceva, le dita intrecciate strettamente in grembo.

«Osa, se puoi, di' che moriresti per me,» le disse stringendole una spalla con cattiveria.

Sabina si lasciava scuotere, molle.

«Morirei,» rispose: «Sapete che morirei per voi.»

Le tremava la bocca.

«Dovete aver pietà,» disse ancora Sabina: «Siete un signore, voi. Dovete aver pietà. Poi vedrete: saprò farvi il bene, so che saprò farvene. Ma adesso dovete aver pietà.»

Prese il capo di lui che le si chinava sulla spalla e se l'attirò al petto, stringendolo, più forte lo strinse quando Gaetano Castiglia tentò di liberarsi.

«Io t'ho insegnato, io,» fece l'uomo con la voce chiusa contro di lei.

Poi, in silenzio, ripresero la strada. Davanti alla sua nuova casa Sabina scese.

«Aspettate,» gli disse: «Ho una cosa per voi.»

Scappò di corsa per ritornare dal giardinetto con un piccolo cesto. Lo chiudeva un sacco, cucito tutt'intorno ai vimini con larghi tratti di corda, come gli involti che i contadini portano ai mercati.

«Ma non apritelo finché non siete nella vostra stanza. Promettete?» gli disse alzandoglielo fino alla panca del carrozzino.

Gaetano Castiglia ripartì, illanguidito e confuso.

A casa, seduto sul letto, con una forbice tagliò il sacco.

C'erano mele nel cesto, ancora verdi, lucidate vivamente da un panno.

E ogni mela, tutt'attorno, aveva una corolla di segni. Dei denti di lei, che s'erano piantati leggermente nella buccia aspra, lasciandovi piccoli semicerchi di colore ormai rugginoso.

L'uomo riguardò a lungo le mele, respirando a bocca aperta: poi sgombrò un cassetto da maglie e camicie per far posto ai frutti, l'uno dopo l'altro allineati.

V

La giornata in casa Castiglia cominciava pigramente, coi rumori, in cucina e in cortile, subito soffocati perché il dottor Gaetano non patisse disturbo.

La signora Maddalena era sveglia presto, ma non usciva dalla sua stanza. Dopo il caffè e una pettinata, a letto, ripigliava i quaderni dei conti, rilegati stretti e lunghi in cartoncino come li aveva avuti, prima di lei, suo padre.

Il dottor Gaetano dormiva invece fin verso il mezzogiorno e si faceva vivo a pianterreno solo all'ora di colazione.

Pallido, il volto gonfiato dal sonno eccessivo, si muoveva appena con due passi in giardino e subito si trascinava a sprofondare in una poltrona della saletta, dove la tavola già era apparecchiata.

Lì aspettava che il suono della campanella fosse seguito dal colpo di piede della cameriera, cauta dietro la porta con la zuppiera tra le mani.

Al ritorno dall'America s'era trovato a godere di un rispetto maggiore, non più venato dalle confidenze che la gente di casa, i fittavoli, i più vecchi braccianti gli avevano portato finché era stato giovanotto.

Anche la vecchia Caterina, che non si staccava mai dai fornelli, s'era ritirata da lui, ormai uomo. La predilezione con cui lo aveva circondato finché era stato ragazzo veniva ancora testimoniata dal ripetersi di piatti particolari, gli stessi da lui preferiti in gioventù, e che ora il dottor Gaetano gustava con una soddisfazione non priva di dispetto.

Quando si trovava davanti certe frittate d'erbe, cipolla, formaggio, ad esempio, insieme all'antica acquolina provava delusione, quasi un rancore. L'aria complice della casa lo intorpidiva: rispondeva supinamente a certe sue pretese di comodo volgare, ma gli accarezzava anche in contropelo un'irritazione, un nervoso, un broncio che lo complicavano.

Di qui un suo aspetto aggrondato, che gli altri però salutavano come segno di virilità, e che rispettavano alla distanza, da Caterina alla cameriera Amalia al contadino rimandandosi invocazioni al silenzio.

Non c'era precipitare di coperchio in cucina o urto di badile sulle pietre in cortile che non suscitasse perentori inviti alla cautela da parte di coloro, tra i tre servi, che nell'occasione non erano colpevoli. Anche l'improvviso abbaiare del cane veniva taciuto con rabbiosi comandi. Il contadino, che avrebbe dovuto occuparsi dei fiori ma che sapeva solamente curare i conigli o un suo angolo d'orto, aveva anche lui imparato a muoversi attorno alla casa, come se quelle mura covassero un tetro malato.

Eppure il dottor Gaetano mai aveva imposto simili regole, anzi: al ritorno dall'America aveva cercato, sia pure per un brevissimo periodo, di mutare il tono della vita familiare. Era evidente che aveva tentato, in quei giorni, di esprimere un'energia rimasta mortificata oltre oceano: aveva voluto subito un impianto di doccia nel bagno, per esempio.

La signora Maddalena aveva assecondato persino con allegria le innovazioni del figlio: l'aveva approvato quando il dottor Castiglia s'era lasciato andare, virilmente, a un lungo sproloquio contro l'abitudine del bagno settimanale, avvenimento critico d'ogni sabato.

«Una buona doccia è la madre della giornata,» era motto che aveva circolato vivacemente per diversi giorni. Finché da Napoli erano arrivati, in diversi imballaggi, i pezzi dell'impianto. Il dottor Castiglia aveva con puntiglio curato i lavori in bagno, attento a ogni mossa degli sprovveduti muratori. Così la cerimonia del sabato, con i recipienti di rame colmi di acqua fumante che Caterina e il contadino trascinavano lungo le scale, paurosamente, era stata eliminata per sempre. La prima doccia a Montrone aveva dato al dottor Castiglia quasi il senso di una vita nuova.

Dell'America egli ricordava, soprattutto, la propria pigrizia. L'aveva trascinata da una periferica pensione per studenti, con stanze alla francese ricoperte da tappezzerie a fioroni, con un bagno enorme, in cui gli oggetti sparsi bisognava raggiungerli allungandosi e svitandosi come serpenti, fino a un albergo, il *Gloriana*, con doccia, appunto.

Anche lì la pigrizia aveva continuato la sua corrosione: alla finestra, per ore, il medico aveva guardato i giardini lontani, una fila di verde cartaceo oltre i tetti di piccole case uguali, grigiastre. I rumori di Boston gli avevano stretto il cranio, per mesi, in un cerchio di dolore continuo, caldo e molle, che i *cachets* e le vitamine non erano riusciti a debellare.

Gli era parso di galleggiare a mezz'aria e di non riuscire mai a mettere veramente i piedi a terra: specie alla domenica, giorno che ricordava pieno, grasso, amico, a Montrone e a Salerno, e che a Boston gli sfuggiva tra le mani come un filo di polvere, lasciandolo più arido nel suo esilio.

Dalla finestra, alla domenica, vedeva un balcone riempirsi di gente ben vestita. C'erano ombrelli colorati, anche se il sole non poteva raggiungere quella piatta villetta, e c'erano uomini che servivano donne, in attesa coi piatti in mano. Tutti in piedi mangiavano, gli uomini sempre pronti a correre in casa per ritornare con altro cibo, altri bicchieri per le donne scollate.

Imbecilli, pensava Castiglia spiandoli senza invidia.

Ritiratosi dalla finestra, ritornava tra i soffici rumori del *Gloriana*: erano lontane esplosioni nei tubi che correvano tra i muri, erano ovattate suonerie, passi che si perdevano oltre la sua porta.

Sul letto, con l'orologio che gli diceva lontanissima l'ora del pranzo, leggiucchiava riviste colme di donne, annunci pubblicitari, raccontini erotici sempre uguali. O studiava. Pigrizia e paura cedevano a un incontenibile orgasmo solo quando era costretto, due volte alla settimana, a portarsi all'istituto universitario. Là dentro, in quella chiarezza di muri, i giovani lo spaventavano, l'allegria e la disinvoltura altrui gli iniettavano sotto pelle uno smarrimento velenoso.

Di donne non provava desiderio. Qualcosa dentro di lui s'arricciava quando era costretto faccia a faccia con le cassiere dei bar, dei cinema, delle *cafeterie* dove il suo assegno mensile gli consentiva di consumare lunghe pause. All'università, le compagne di corso, con quei denti, quei capelli, quel muoversi gli procuravano una molestia acuta.

Così, di notte, agitato nel buio, non riuscendo a prender sonno, s'era abituato a svuotare da sé ogni smania, rapidissimo, anziché affrontare lo scontro con una di quelle ragazze che, dopo il tramonto, passeggiavano in silenzio sotto la sua finestra.

Rimesso piede a Montrone, però, s'era svegliata in lui una vivacità elettrica, che la casa aveva durato fatica a smaltire.

S'era sentito in salvo, aveva quindi potuto correre su e giù, dal pianterreno alle stanze superiori, offendendo tutto, criticando mobili e luci.

«Aria, aria,» lo si era sentito gridare mentre spalancava una finestra, strizzava in un angolo un tendaggio.

La signora Maddalena l'aveva lasciato fare, riparata nella sua stanza. I servitori avevano riso, subito, avevano persino tentato di aiutarlo facendo sparire, al primo insulto, un lampadario definito "cimiteriale" o una poltroncina di vimini da "ospizio per vecchi".

Poi, lentamente, la vecchia casa rosea e scrostata aveva ripreso il sopravvento, divorando ogni slancio d'attività, ingoiando le innovazioni come un batrace i moscerini.

Gaetano Castiglia s'era docilmente ripiegato nel suo dormire mattutino, nell'antica noia.

La doccia scrosciava, verso mezzogiorno, su un corpo ormai maturo, i tendaggi s'erano ridistesi uscendo dagli angoli delle finestre e all'uomo in poltrona, dopo i pasti, favorivano sonni e pigrizie lungamente protratti.

In quell'accidia il dottor Castiglia si rivoltolava provando malinconie, disgusto per tutto, inimicizie e sospetti verso chiunque, tranne se stesso.

Nella sua giornata s'apriva un solo foro costante di luce, lassù, l'amore per Sabina, il bisogno che avevano di dedicarsi e salvarsi a vicenda.

Madre e figlio, a tavola, parlavano poco, e la donna solo per avanzare nel discorso certe sue puntatine secche. Lui, devoto, fiacco, sopportava senza aver bisogno di soffocare rancori.

Perché, al di là del rispetto che portava alla madre, sentiva avvicinarsi la rivincita, col matrimonio che lo avrebbe liberato, finalmente, da quella stoppa, quel miele, per impegnarlo e renderlo certo di vita.

«Hai già speso diciottomila lire,» gli diceva sua madre: «Ho visto i tuoi conti. Sei pazzo.»

Questo era argomento che poteva irritarlo.

«Non sono un pezzente,» si sentiva di risponderle: «Quanto s'è mangiato mio padre? A caccia, al circolo di Salerno, quando s'intestardì con quella collezione di fucili francesi? E con le donne, eh? E allora!»

«Quella ragazza non capirà mai cosa stai facendo per lei,» rispondeva la madre, pacifica: «Abitua così la gente che sa solo faticare, vedrai la riconoscenza...»

«Diciottomila lire, sì, ma in una casa, in cavallo e carrozza, in oggetti d'oro e tele che fanno capitale, non sperpero. Ammettilo,» cercava di chiarire.

«Se sei così bravo a amministrare perché non ti occupi delle campagne?» ribatteva la donna a questo punto.

«Avrò tempo, avrò tempo,» s'indeboliva subito Gaetano:

«Adesso hai tutto tu in mano. E ti piace. E due padroni fanno nessun padrone, non dici sempre così? Perché dovrei impicciarmene?»

«Con diciottomila lire avresti impiantato una clinica,» rispondeva lei.

Sbucciava una pera con gesti delicati, attenti, precisissimi, che irritavano il figlio profondamente. Quando l'intera buccia era deposta nel piatto e forchetta e coltello cominciavano a affettare la polpa bianca, il suo fastidio raggiungeva il colmo.

Eppure sapeva che a Sabina esattamente così avrebbe insegnato come si sbuccia la pera: con quella leggerezza, nella medesima ripetizione di gesti. Immaginando Sabina a tavola, felicemente alle prese con quel problema, si consolava.

«Se continui di questo passo alla fine dell'anno avrai consumato metà della tua rendita.»

«Ma sono spese buone, se vogliamo sposarci...»

«Se volete sposarvi, come no,» chiudeva lei col tovagliolo alla bocca.

Dopo il caffè, seduti in poltrona, quel discorso ancora gli rimbalzava tra le mani.

«Non leggi un giornale, figlio mio,» fingeva di lamentarsi la donna: «Tuo padre era quel che era, ma si muoveva, voleva gente in casa, era pieno di vita. Tu, invece? Un altr'anno potresti essere sindaco, e lo sai. Perché non decidi qualcosa?»

«Ma non ne capisco niente, non ne ho voglia. Se mi critichi perché non ho intenzione di fare il medico, posso capirti, mamma, ma non cercare di spingermi in politica...»

Lei non alzava gli occhi dal giornale spiegato.

«Un uomo che non sa spiegarmi cosa succede, ecco quel che sei,» riprendeva: «Cosa vogliono questi fascisti, per esempio? Il loro Mussolini ha una faccia da uomo, no? Sono questi che ti vorrebbero sindaco, m'hai detto. Capisco che per essere sindaco bisogna avere una moglie adatta.»

«Per favore,» sospirava Gaetano senza più forze: «C'eravamo promessi di non più offendere...»

Lei sorrideva alla protesta, chinando appena il capo.

«L'importante,» aggiungeva con un mezzo sospiro: «È che quella gente non circoli più per casa. Una volta è bastata per tutte.»

Gaestano Castiglia volle sporgersi in avanti per dar più peso a quanto stava per dire.

«Mamma,» fece: «Credi che non ne patisca anch'io? Ma appena saremo sposati, liquiderò zia e osteria con quattro soldi. Va bene? Nessuno prova piacere a tenersi vicino parenti simili. Se ne andrà, l'osteria passerà al primo imbecille che la vorrà, noi vivremo in pace.»

«Certo, certo,» rispondeva la donna dietro il giornale alzato.

VI

«Tu signora degli angioli... Tu porta del paradiso... Tu scala del regno celeste... Tu arca di pietà...»

Il mormorio della lode alla Vergine, come ogni sera di venerdì, saliva e calava in cucina.

Il dottor Castiglia, in giardino, l'udiva sciogliersi oltre il muro, ondulante dietro i toni sicuri di Caterina. Era notte, il vento correva con brividi freddi a sbattere tra i castagni. Il paese, oltre la cancellata di casa Castiglia, stava acquattato sotto i tetti neri.

«Tu letto nuziale del re della gloria... Tu vena di misericordia...»

Il dottor Gaetano, rabbrividendo, attraversò il giardino per la solita passeggiata notturna.

Da quando Sabina s'era trasferita a Atripalda, Castiglia si sentiva placato. Più non lo rodevano le immagini di lei nell'osteria e la passeggiata dopo cena era diventata pausa quasi serena.

Superato il paese in sonno, poteva avviarsi lungo un sentiero tra i castagni. In cammino, il vento lo avrebbe rallegrato, sciolti gli ultimi brividi di freddo nelle ossa.

Sentiva i tacchi suonare sulle pietre della strada, entrando in paese, e ricordò con ansia ancora calda le ore passate, tempo addietro, appostato nell'ombra di un vicolo chiuso, a pochi metri da Sabina nell'osteria.

Stretto al muro, aveva spiato per sere, per mesi, la lista opaca di luce che cadeva sulla strada attraverso la porta del locale. Non uscivano rumori, ma già quel silenzio bastava a avvelenare Castiglia in agguato.

Poi scoppiava un canto, una risata, l'urlo di un giocatore di carte, e subito il medico si sentiva la lingua secca sotto i denti. In tre passi avrebbe potuto portarsi là dentro, prendere Sabina al braccio, trascinarla via.

Invece, sera su sera, era rimasto contro il muro, col terrore d'essere scoperto, mentre odio e affanno gli tremavano nelle mani.

Quella risata, quel canto finiva, di nuovo il silenzio tornava a espandersi. Finché voci annunciavano come la zia della ragazza s'accingesse a cacciare i suoi più ostinati avventori. Con un balzo il dottor Castiglia scivolava dal suo angolo, risaliva la strada deserta per rifugiarsi, freddo e sudato, nel giardino di casa.

Lì restava a boccheggiare finché il freddo non lo aveva vinto del tutto, si ritirava allora nella sua stanza e a letto, gli occhi sbarrati, tendeva l'orecchio al silenzio notturno.

Il vento fischiava monotono, trascinando rare strida d'uccelli, ma talvolta un canto di ubriachi, l'urlìo di qualche ragazzo di campagna rimasto a bere in paese arrivavano fino a lui mettendogli sudore sulla fronte, rabbia impotente nei muscoli.

Erano stati là a bere, quegli uomini, quei ragazzi, e ora impestavano la notte parlando di lei, certo.

Il sonno lo coglieva a tardissima ora e lo sprofondava in un riposo angoscioso, mille volte rotto, che solo gran bicchieri d'acqua, tracannati al buio, riuscivano in parte a confortare.

Ma ora il suo passo notturno poteva procedere in pace sulle pietre di Montrone. Sabina era al sicuro, tra mura oneste, e il dottor Castiglia, passando davanti alla luce quadrettata dell'osteria, si sentiva leggero.

Uscendo dal paese infilava il solito sentiero tra i castagni e a passo lento s'arrampicava lungo il dorso della collina.

Il cielo era stellato e profondo, nel vento freddo filtravano soffi marini. L'estate non era lontana. L'estate, e poi ancora le nevi dell'inverno, e finalmente il matrimonio.

Così ragionava Castiglia abboccando l'aria pura, un po' affannato per la salita. Raggiunta la cima si fermò a respirare.

Guardarsi intorno, in quella solitudine, in tanto silenzio, gli dava una sensazione di dominio. Sotto il cielo senza luna la valle era nera, lucida, circondata dai denti cupi dei monti, nettissimi, oltre i quali erano Napoli, il mare.

Stirò le braccia, contento, le riabbassò sotto la mantella a palparsi il ventre, lo stomaco. Studiò con le dita i fianchi già pieni, la curva della cintura che ormai spingeva decisamente in avanti. Sorrise del proprio benessere fisico, dell'aria che gli entrava nei polmoni.

Pensò all'estate, al mare che avrebbero visto insieme, al grande sole su Vietri e Salerno. Nel sole insieme, e nell'acqua, e di nuovo nel sole.

Ricordò un certo suo professore di ginnasio, che passeggiando tra i banchi, con voce morbida, ironica, raccontava alla scolaresca come un uomo, dopo l'amore, deve stendersi al sole sugli scogli o sulla sabbia, per ricaricarsi le forze. I ragazzi lo seguivano in silenzio, voltando la testa al suo andirivieni e il professore rincarava col sole, la spiaggia, la stanchezza che se ne va, cancellata e asciugata dal sole, lasciando i muscoli e i desideri nuovamente affusolati, pronti.

La campana alla fine della lezione scatenava un urlo di rabbioso compiacimento, la scolaresca in torma ribolliva per le strade dietro quel suo professore, osando domande, risate. E solo qualcuno nascostamente sparlava del povero omino occhialuto che attraverso i ragazzi cercava di recuperare un prestigio chissà quante volte calpestato.

Ma ogni suo pensiero muoveva solo per spegnersi, suggellarsi in lei: ed ecco che ancora si vedeva con Sabina a Vietri, sul mare e nel sole, come in una proiezione quasi palpabile. Rise da solo a bocca chiusa, immaginandola impacciata, e poi subito scaltrita avendo raccolto i suoi consigli, i suoi ordini sulla sabbia.

O altre cose di lei ricordava, cose dell'inverno.

Tra dicembre e febbraio nevicava forte sui monti, e dai sentieri di campagna attorno a Montrone si poteva vedere Avellino, laggiù, come una chiazza chiara, illuminata al fondo della valle, tutt'attorno l'anello ondulato, accecante delle colline e dei monti dove la neve era compatta, con orme scure e giallastre di animali. E in certe notti s'erano uditi i lupi.

Loro due, in quei giorni, potevano camminare sulla neve, per solito diretti a un castagno dove Castiglia s'appoggiava allargando poi la mantella per accogliere Sabina.

Rimanevano stretti, chiusi dentro il panno, privati d'ogni parola. La corteccia umida mandava un forte odore.

«Lasciatemi fare,» sussurrava lei: «Fatemi stare.»

Si sbottonava il cappotto per stargli più addossata. Zitti, si ascoltavano respirare, Castiglia vedeva il fiato della ragazza spandersi nell'aria gelata.

«Lasciatemi stare, tenetemi,» diceva ancora lei sentendolo irrigidirsi per respingerla.

Oppure ricordava un'estate, che gli pareva lontanissima, ormai.

I contadini salivano la montagna verso il santuario di Montevergine, ammucchiati come un gregge, con le donne che urlavano e pregavano. Asini grigi traportavano tra la folla i malati e i possidenti.

Aveva seguito Sabina da lontano. I due asini, con la ragazza e la zia, salivano adagio, e lui, nel carrozzino a fianco della madre, mai aveva staccato gli occhi da lei, dalla gente che le si stringeva addosso su per l'erta polverosa. Sabina, chiusa nel fazzoletto, aveva obbedito al suo ordine di mai voltarsi indietro.

Nella chiesa, davanti all'immagine della Madonna nera,

separatamente avevano giurato reciproca fedeltà, secondo l'accordo.

E ancora lui l'aveva seguita nella discesa, mentre i contadini invadevano i costoni del monte, lo spiazzo dove erano stati alzati alcuni tendoni di osterie all'aperto.

La signora Maddalena, col sacchettino delle monete in grembo, distribuiva elemosine agli storpi che s'aggrappavano alla carrozza. E quell'impegno della madre aveva consentito a Gaetano Castiglia di rallentare l'andatura del cavallo, tanto da non superare i due asini che placidamente procedevano verso il piano.

A un certo punto Sabina s'era tolta il fazzoletto e la sua mano s'era alzata fino al collo, asciugando il sudore sotto i capelli.

«Ormai mi sento come sposata,» gli aveva detto la ragazza, il giorno dopo.

Fortissima il dottor Castiglia aveva provato in quell'attimo la spinta a obbedire, lì, al giuramento che ormai li aveva accomunati. Sabina lo guardava, tremava.

«Non fatemi vergognare,» s'era ancora lamentata.

Finché Castiglia s'era ripreso, l'aveva abbracciata e consolata, con quelle parole calme che sempre riusciva a trovare quando il suo desiderio già pareva essersi piegato al lamento di lei.

Ancora inspirò una gran boccata d'aria, rallegrandosi.

Decise di ritornare.

Il buio tra i castagni non gli dava disturbo, conosceva quel sentiero, ogni sporgenza di radice, ogni sasso affiorante, fin da ragazzo. Rientrò in paese a passo deciso, né lo rallentò quando si vide davanti quattro o cinque contadini, evidentemente usciti dall'osteria.

Gli fecero largo scappellandosi, in silenzio, e Castiglia li sentì ciondolare a lungo, un po' ubriachi, già lontani.

Era al cancello quando udì la loro risata. Un urlìo violento, uno scoppio che finì gorgogliando per subito riprendere quota, allargarsi, tremare, gonfiare ancora.

Di me ridono, subito pensò, agghiacciato.

S'appoggiò con le spalle al cancello, spiando la strada.

Era deserta, i giovanotti dovevano essere usciti dal paese.

Si rituffò nel buio per inseguirli. Ma, attraversato il paese e giunto alla cappella dove cominciava il sentiero tra i castagni, si trovò solo.

Ritornò indietro, lentamente, porgendo l'orecchio al silenzio di quei muri, sfiancato. Di nuovo fu al cancello. Ed ecco l'urlìo riprendere, ma quasi sommesso, lontano.

Non era più un ridere, ma un verso lungo, di testa, da ubriachi che vogliono offendere canzonando. Calava e riprendeva, lontano, da qualche sentiero che scendeva a valle. E non nasceva da una prima parola intelligibile, sgorgava subito in suoni sconnessi, di asino bastonato.

Rimase lì, in attesa, trattenendo il fiato nelle pause di silenzio.

L'ululo non pareva allontanarsi più. Forse i giovani ubriachi s'erano appostati in qualche punto, s'erano sdraiati a dar sfogo tra cespugli di castagni e noccioli, e da lì lo inseguivano, sicuri della loro tana.

Cautamente mosse qualche passo, temendo di perdere il contatto con quella sorgente di offese. Poi, rapido, nuovamente si precipitò attraverso il paese. Tra i muri non udiva più rumore, ma uscitone, davanti alla cappella, l'ebbe di nuovo all'orecchio: quasi miagolante, ora, e più offensivo nei suoi toni queruli.

Capì di non potersi buttare a una caccia insensata, ritornò al cancello di corsa, affannato, fu nella sua stanza. Dalla finestra rimase in agguato.

Il bastone animato di suo padre, avrebbe dovuto portare con sé, sempre, decise.

C'era silenzio, ma poi, distinto, un falsetto abbaiante, e subito più voci che l'imitavano. Puntò il fucile da caccia e sparò due colpi verso la valle, godendo alle detonazioni.

Soffiava nelle canne per liberarle dal fumo e udì trapestio in casa, passi sulle scale.

«Niente, Caterina,» disse, calmo: «Mi pareva un cane rabbioso.»

La vecchia donna, in scialle, lo spiava impaurita dalla porta socchiusa.

«Ti ho detto: niente,» le ripeté alzando la voce: «Un cane, ho creduto, vattene a letto.»

Ritornò alla finestra. Il silenzio notturno, ora completo, non lo consolava. Vide il lampo nero di un uccello rapace scattare dal giardino. Una fredda furia gli saliva dal petto al cervello, gli inchiodava i denti. S'immaginò il resto della notte, da trascorrere senza sonno, in affanno dietro l'offesa subita.

Cautamente lasciò la stanza, scese alla stalla. Un minuto dopo, con carrozzino e cavallo, trottava verso Atripalda.

«E una persona come voi si fa confondere da quattro ubriachi,» sussurrò ancora la donna alla finestra.

Rideva, quasi a consolarlo.

Alzò gli occhi a guardare la vecchia faccia della zia di Sabina. Subito s'era messa a parlare, così appoggiata al parapetto di legno, come fosse stato giorno e lui non l'avesse svegliata battendo alle imposte.

«Eppure,» volle insistere, ma quasi per invitarla a porgergli altro conforto.

«Ma state tranquillo, dottore, ma che volete mettervi in testa,» riprese subito lei, a bassa voce, sogguardando qua e là: «Piuttosto, se vi vedono qui, chissà che potranno pensare...»

Anche Castiglia diede un'occhiata a destra e a sinistra.

«Non lo dico per me,» aggiunse la vecchia: «Figuratevi! Ma voi, che non volete che la gente parli...»

Subiva il discorso della donna quasi con umiltà, stanco, non sapendo come rigirarsi.

«Tornate a casa vostra,» disse ancora la zia: «Andate a riposarvi.»

Scosse la testa.

«Non riesco a togliermi da questi pensieri,» le disse: «Non che creda alle lettere anonime. Le ho buttate, una su quattro ne ho letto. Ma...»

«Ma dottore,» si precipitava già la donna: «Ma stiamo impazzendo? Ma davvero volete dar credito alle malelingue?»

«Cafoni, lo so...» sospirò Castiglia. Non aveva più forze.

«No, non cafoni. Sono ragazze. Eh, chissà quante si sono fatte illusioni su di voi,» disse in fretta la donna: «Ragazze, figlie di avvocati, madonne infilzate, credete a me. Figuratevi se vi lasciavano fare questo passo senza cercare d'offendervi! Troppo osate, per loro! Non cafoni: cosa volete che possa scrivere un cafone. Neanche gli occhi da terra alza su di voi! È l'invidia delle ragazze, vi dico, perché voi siete quel che siete, e ringraziamo tutti Dio, e la nostra Sabina è bella, è povera ma un gioiello e loro crepano d'invidia...»

Era rimasta senza fiato, gli occhi sbarrati.

«Sì,» le fece, annoiato, pentito di quella corsa: «Sì, avete ragione.»

«Che coppia farete,» s'era lasciata andare la donna, di nuovo con i suoi risolini: «Giganti saranno i vostri figli, credete a me...»

«Cosa avete fatto stasera,» le domandò per interromperla.

«Niente, dottore,» ridiventò seria la zia: «Abbiamo mangiato, cucito. Sempre chiuse in casa, noi. Sabina nemmeno in giardino vuole farsi vedere. Ah, sì, abbiamo mangiato due cannoli con la crema, anche. Dice che è magra, che i dolci l'aiutano a ingrassare. Per piacervi...»

«Adesso vado,» sospirò Castiglia: «Speriamo che non si sia svegliata.»

«Quella,» rise la donna: «Come pietra dorme, come l'avessero incantata!»

«Beh, buonanotte,» fece lui, scostandosi appena.

«Ai comandi,» rispose lei. Poi, col risolino: «Io vi farei entrare a vederla, eh? Solo alla porta della sua stanza, e io presente. Questa è casa vostra...»

«No, no...,» si lamentò Castiglia.

Ma non disse altro. Era sfibrato, sentiva il peso della strada da ripercorrere fino a Montrone. Non volle opporsi. Aspettò.

La donna aveva socchiuso anche la parte inferiore delle imposte.

«Non credete che vi dia il passo, sapete? Per toccare Sabina con un dito bisogna farmi a pezzi. Voi non mi conoscete...»

E aveva appena aperto. Gaetano Castiglia entrò sentendosi le spalle dolenti per la fatica.

La seguì per la scala, la donna reggeva una candela, il legno cigolava sotto le scarpe.

«Non si sveglia, state tranquillo,» gli diceva la donna avanzando.

Alla porta la donna sollevò la candela, aprì.

Castiglia dovette sporgersi nel buio per distinguere qualcosa. Poi vide. Sabina dormiva, le braccia sollevate e ripiegate dietro la testa, la pelle appena più scura del guanciale, come un'ombra. Le dita di un piede sporgevano oltre il lenzuolo e la coperta le stava disegnata in grandi pieghe sul corpo immobile.

«Visto?,» rise la donna richiudendo: «Come una bambina. È ancora una bambina.»

Ritornarono al pianterreno, Castiglia cercando con precauzione un gradino dopo l'altro, la zia appoggiandosi con le dita di una mano alla sua spalla.

Ancora la vecchia rideva, scuotendo la testa.

«Che frutto, avete visto? Ma non mettetevi cose in testa, dottore, m'intendete? Non rubatevi il piacere che potrete avere...»

Un'ansiosa soddisfazione aveva per un attimo riempito Gaetano Castiglia.

«Ma che dite...,» borbottò, contento: «Sono io il primo a capire...»

La vecchia assentiva.

«Si capisce, voi siete un signore. E avete esperienza. Vedrete che soddisfazioni vi darà questa ragazza... Una donna bisogna anche che sia forte e in salute per un uomo come voi.»

«Non ditele niente di stasera,» s'assicurò Castiglia.

«Sull'anima mia...»

«E un'altra cosa,» riprese subito Castiglia: «Quando ci sposeremo... voglio dire dopo... Dovrete essere voi a farvi mostrare i panni della prima notte. Come una madre siete per lei...»

«Già ci pensate, dottore...,» rise la donna scuotendo il capo: «Ma si capisce, come una madre sono. Il lino, certo, spetterà a me. Le parlerò io...»

Gli aveva preso il braccio e lo stringeva.

Dallo spiraglio tra le imposte entrava un soffio d'aria gelida.

Gaetano Castiglia ancora non riusciva a staccarsi.

«Me ne vado,» aveva detto, e non si muoveva, pallido, con la mantella aperta che più non lo riparava dal freddo.

«Quando era a Montrone, in quell'osteria,» disse piano senza guardarla: «Avrà imparato cose, forse. Avrà sentito...»

La vecchia agitava le mani, protestando.

«Ma non fatevi del danno, dottore,» sussurrò: «Ma che volete che abbia sentito! C'era mia sorella con lei. Ma non offendete lei e voi. Avrà magari sentito, ma non può aver capito. È una bambina, non una furba. E noi siamo povera gente, ma... Come una figlia l'abbiamo allevata, povera orfana!»

«Vado a dormire, e badate a voi: non ditele niente,» concluse Castiglia.

Una striscia verde, luminosa, era già alle spalle dei monti.

Castiglia, risalendo verso Montrone, la guardava con gli occhi grevi di sonno. L'offesa, il dubbio avevano lasciato posto a una stanchezza consolante che gli impediva di portare avanti ogni pensiero. C'era gran freddo, il vento dell'alba mordeva, il collo della mantella non gli riparava le guance e la nuca.

Una fila di carretti scendeva sul lato destro della strada. Al passo dei muli, i contadini ammucchiati tra le assi, avvolti in mantelli, sbattevano nel sonno gli uni contro gli altri.

Di sotto l'ala del cappello, Castiglia li fissava uno a uno, mucchio a mucchio, come aspettando la provocazione di uno sguardo. Ma i carretti rotolavano via, scuotendo seccamente tra pietre e solchi, e neppure l'uomo a cavalcioni dell'ultimo animale, al fondo della fila, alzò il naso dalla mantella che gli arrivava a mezza faccia.

Rifattasi vuota la strada, subito Castiglia, non più puntellato da orgoglio e sospetto, sentì la debolezza riassalirlo. Non ebbe forza d'affrettare il trotto del cavallo, si allentò nelle spire di una sonnolenza ansiosa. A strappi, vedeva Sabina nel bianco del letto, tenera e distesa, quelle sue braccia perdute in abbandono.

Smontando in cortile, udì un mormorio venire dalla cucina. Volle affacciarsi alla porta. Caterina e il contadino erano lì, su due sedie. La donna pregava, l'uomo col berretto sugli occhi la fronteggiava silenzioso. Balzarono in piedi vedendolo.

«Ringraziamo Dio,» si commosse Caterina chiudendosi il viso tra le mani: «Credevo fosse successo il peggio...»

«Ma che ti prende,» protestò Castiglia sbadigliando.

«Credevo... Chissà che credevo,» gli si avvicinava Caterina a mani giunte: «Anche vostra madre... Tutta la notte ho visto la luce accesa nella sua stanza.»

L'uomo era rimasto fermo, in piedi, il berretto in mano.

Castiglia lo fissò cupamente e subito la stanchezza gli accese in petto un ultimo guizzo di gelido furore.

«E tuo figlio,» gli disse: «Lui che vuole imparare le iniezioni, si alza anche presto come te?»

L'uomo chinò il mento sul petto, dondolando sui tacchi impacciato.

«I giovani, sapete, si mettono in testa le cose...,» borbottò confusamente.

Castiglia sbadigliava a piena bocca.

«Grazie a Dio,» ripeteva Caterina guardandolo.

«Ho lasciato il cavallo fuori,» disse Castiglia.

La donna accennò al contadino di affrettarsi in cortile, ma l'uomo non si mosse.

«Volete un buon caffè? In un minuto...,» disse Caterina.

«No, vado a dormire,» rispose Castiglia.

«Dormite, dormite, riposate,» fu pronta a esaltarsi la donna.

Già aveva appoggiato i gomiti allo schienale della seggiola, nuovamente disposta alla preghiera.

Il dottor Castiglia guardò la cucina, dall'acquaio al forno, dal cesto della carbonella alla cappa, al mobile.

«Prima o poi mi sposo,» borbottò: «E ne vedrete di cambiamenti...»

L'uomo rimase in piedi, le mani sul berretto, finché il dottore non ebbe sbattuto la porta.

Gaetano Castiglia si trascinò fino alla sua stanza. Ebbe la forza di sbarrare accuratamente le finestre prima di lasciarsi andare, rabbrividendo, tra le lenzuola. La notte trascorsa gli pareva già lontana, la sentiva staccarsi in morte scaglie dalla sua memoria. Nel pensiero caldo di Sabina, di quelle braccia rovesciate, poté addormentarsi.

Parte seconda

I

Non avevano voluto nessuno alla stazione. Il treno s'era avviato in un'aria grigia.

«Pioverà a Napoli?» domandò Sabina.

Stava seduta rigida sul divano di velluto rosso, aveva i guanti e un largo cappello di paglia fine, bianca. Ogni tanto rovesciava gli occhi per ammirarne l'ala diritta.

«Piova, non piova,» fece Castiglia.

Le era seduto davanti, la guardava fissamente, scrutandola centimetro per centimetro con quelle sue pupille scure circondate da un alone di umido avorio.

«Che ci fa se piove,» disse ancora.

Sabina gli rispondeva con le labbra in tremito.

«La pioggia ai matrimoni porta fortuna?» domandò.

E lui annuì, sempre scrutandola, piegato in avanti.

Una prima goccia d'acqua rigò il finestrino. Fuori la campagna era deserta, di un verde che l'ombra sospinta dal temporale rendeva più cupo. Un ragazzo col bastone apparve un attimo dietro a alcune capre in corsa. S'era coperto la testa e il dorso con un sacco, guardò il treno imbambolato.

«Me lo devo togliere?» domandò Sabina ancora rovesciando gli occhi verso l'ala del cappello.

«Perché? Stai bene. Ti vedessi: sei un'altra.»

Lei arrossiva, tra le labbra dischiuse Castiglia le vedeva l'orlo dei denti.

«Paura?» le domandò.

E Sabina assentì, ma con un sorriso quasi triste.

«Hai visto come sono stato bravo?» cominciò allora a scherzare Castiglia: «Un vermut solo ho bevuto. Non si beve, oggi, e si deve mangiar leggero. Ti avevo detto di mia madre: è stata gentile, eh?»

«Tanto,» mormorò Sabina.

Aveva gli occhi accesi, le dita si agitavano dentro i guanti, Castiglia le aveva appoggiato le palme sulle ginocchia e le sentì tremanti.

«Sarà buio quando arriveremo?» mormorò Sabina.

«Sì. Meglio. Così la notte comincia subito.»

E rise e la strinse, sentendone sotto le ginocchia i tendini tesi.

«Parla, dimmi,» lo pregava lei.

Fuori pioveva, con larghe gocce che si precipitavano lungo il vetro e strisciando s'univano in rivoli tremuli e più grandi. La campagna era un fumo grigio, anche le nuvole temporalesche s'erano unite in una cappa oscura, senza più lampi.

«Con una bella mancia al ferroviere si fa il comodo che si vuole,» diceva Gaetano Castiglia misurando con sguardo soddisfatto lo scompartimento: «Così nessuno verrà a scocciarci, qui dentro. Fino a Napoli.»

Sabina ammirò per un minuto le trine bianche e spesse, ondulate sui divani di velluto rosso. Ancora le dita si muovevano adagio dentro la pelle dei guanti.

«Valigie nuove, tutto nuovo,» disse.

«Tutto nuovo,» rise Castiglia stropicciandosi le nocche.

Abbassò una mano e sotto il vestito le strinse fortemente una caviglia.

«No,» pregò Sabina.

«Perché?» mormorò senza guardarla, risalendo con la mano lungo la seta. Ma il guanto di Sabina lo afferrò al polso.

«No,» disse ancora.

Castiglia rise, si alzò, chiuse la porta dello scompartimento e riunì le tendine agganciandole.

«Ecco fatto,» disse: «Contenta?»

«No, no,» lo pregava lei, stretta nel suo angolo.

«Ma non ti faccio niente. Credi che proprio qui voglia?» sbuffò l'uomo tornando a sedere: «E non aver paura!»

«Tu non sei uno che picchia, vero?» domandò lei piano.

«Picchio? Ma impazzisci? Ma se in un anno e mezzo non ho voluto toccarti con un dito, per il rispetto che ti porto!» protestò Castiglia.

«Ma non picchierai...»

«Cosa dici,» rise l'uomo e di nuovo le allargò le palme sulle ginocchia. I suoi neri occhi acquosi erano contenti. Piegato verso di lei respirava a bocca aperta, annuiva per darle coraggio, sorrideva soddisfatto di quei suoi tremori.

Sabina guardava lui, le trine bianche, la pioggia che batteva sul vetro dividendosi in rivoli sempre più fitti.

«Ho male al cuore,» disse.

«Passerà, passerà,» le rispose, calmo. La studiava, le strizzava l'occhio, rideva o restava immobile e muto a osservarla. Mandava odore di colonia e anche Sabina sentiva salirle alle narici il profumo che prima del matrimonio le avevano sparso sul petto nudo e sugli abiti.

«Dovrai ingrassare,» riprese l'uomo: «Le mani piene di te voglio avere...»

Le parlava trionfante.

Sabina annuiva in silenzio, le mani in grembo.

«Il *Gran Bretagna* non è un grande albergo, ma si sta bene,» le spiegava ancora Castiglia: «E si può mangiare nella stanza. Così faremo stasera. D'accordo? Nessuno dobbiamo vedere.»

«Abbiamo tante cose da mangiare,» gli rispose: «Se ci viene fame...»

«Ma sì,» rise lui, agitandosi: «Prendiamo un bel caffè appena arrivati e poi nessuno più avrà l'onore di vederci in faccia...»

Era buio fuori, il vetro rifletteva i contorni dei loro volti,

She's scared he might hit her.
He has closed the compartment door
Talks about hotel

l'ala diritta del cappello bianco. Qualche lume lontano appariva, subito inghiottito dal ruotare delle ombre intorno al treno.

«Pare una sera di novembre,» si lamentò Sabina con un sospiro.

«E che importa? Noi, a letto, a sentir piovere. Che importa?» le rispose a bassavoce.

La stazione di Napoli ingoiò Sabina Castiglia come uno spavento, mentre lui correva, la guardava, la chiamava incitandola, finché furono sulla carrozza che per corsi deserti, lucidi d'acqua, avanzò verso l'albergo.

Non pioveva più, ma il cielo era nero, e neri gli alberi strizzati dal temporale. Attraversarono una gran piazza di luci, la carrozza ora procedeva adagio, svoltando e risvoltando. A un angolo Sabina Castiglia vide uomini e ragazzi immobili, il dorso proteso a un fuoco di cassette di legna.

Quando la carrozza fu ferma, Castiglia, prima di scendere, puntò un braccio nel buio.

«Là è il mare,» le spiegò: «Domani lo vedrai. Mi sono raccomandato per una stanza sul mare.»

Anche l'albergo, con le luci, l'ingresso e altissimi vetri, le facce bianche della gente che le veniva incontro, Sabina lo vide nell'oscillazione paurosa di un sogno.

S'era fermata immobile davanti alla porta.

«E vieni,» si voltò Castiglia. Le sorrideva spazientito.

«Non vogliamo camminare? Un momento solo. E il caffè?» gli sussurrò avvicinandosi.

«Ce lo portano il caffè. Di sopra. Vieni,» e le prese il braccio.

Lo sentì sillabare il numero della camera prenotata, s'appoggiò alla mano che la sollecitava alle spalle.

«Ma un caffè. Fuori. Per favore,» tentò ancora debolmente.

Lui rideva, frugava in tasca per gli spiccioli.

Era nel corridoio, un ragazzo li precedeva velocemente, aprì una porta, le luci.

Rimasero soli, le valigie per terra, già Castiglia ridendo e borbottando provava il molleggio del letto.

Sabina si avvicinò alla finestra.

Fuori erano lunghissimi festoni di luci, che correvano bordeggiando uno spazio nero, forse il mare. Tremavano violentemente sotto un cielo senza stelle.

Bussavano per il caffè.

«Non ti siedi?,» le disse poi Castiglia vedendola con la tazzina in mano.

«Hanno messo qualcosa,» protestò.

«Cognac. Gliel'ho ordinato io,» rise l'uomo guardandola dalla sponda del letto.

S'era alzato per abbracciarla. Gli rimase tra le braccia, senza forze.

«No,» gli disse sentendolo frugare nell'abbottonatura della veste. Le mani dell'uomo tornarono ferme.

«Sarai buono?,» gli sussurrò contro la spalla.

Lo sentì ridere, prender fiato.

«Cosa ti salta!» rispondeva Castiglia: «Mi hai fatto impazzire per un anno e adesso...»

L'allontanò da sé per guardarla in faccia.

Poi: «Spogliati,» le disse.

Aveva una sigaretta non accesa tra le labbra.

«Fa' buio,» lo pregò arretrando per chiudere la finestra.

Sfilò il cappello, delicatamente lo posò su un tavolinetto.

«Fa' buio,» di nuovo implorò.

Scivolò nel letto accanto a lei. La sentì piangere.

«Amore,» le disse: «Stupida. Amore.»

Già le era addosso, quei muti singhiozzi lo esilaravano.

Non volle toccarla, né guardare, le dischiuse le gambe e penetrò dentro di lei, rapido si agitò premendola.

«Tu,» sospirava Sabina: «Tu...»

Si sollevò ansando, acciecato dal buio cercò il bagno.

Nella luce, avidamente si guardò. Non aveva tracce di

sangue addosso. Rimase incerto, il ventre appoggiato al lavabo.

Prese una salvietta e tornò nella stanza.

«Asciugati,» le disse.

Lei più non piangeva, obbedì in silenzio.

Nuovamente fu in bagno, anche la salvietta non portava tracce di sangue. Imene semilunare o frangiato a cerce, pensò con fatica. L'emozione gli aveva rotto il fiato.

Tornò a distendersi accanto a lei, che respirava tranquilla, aspettando. E di nuovo volle stringerlesi vicino, di nuovo le schiuse le ginocchia per entrarle dentro. Rapido come la prima volta, finì. Lei stava immota, cingendolo leggermente attorno alla nuca. Nella penombra la vide, gli occhi socchiusi, le labbra pallide e strette. Allungò un braccio per accendere la luce.

«No,» gridò Sabina coprendosi il volto.

«Zitta,» rispose.

«Buio, buio,» pregava lei scuotendo la testa sotto il braccio, protendendo una mano nel vuoto.

«Devo guardarti,» comandò.

Le spinse in alto le ginocchia e si chinò a studiarla.

«Sta' come ti dico,» le gridò.

Sabina si scuoteva in un pianto leggero, che le sollevava le costole.

«Ferma,» le gridò ancora.

Non v'era traccia d'imene, risalì fino al cuscino.

«Tu, ma cosa...,» diceva Sabina con tutte e due le braccia sul viso.

Spense la luce, il buio lo aiutò a riprender fiato.

Lei gli si avvicinò fino a sfiorarlo e raggiuntolo rimase immobile, distesa accanto a lui, gli occhi serrati.

«Sei contento?» la sentì sussurrare.

Non poteva risponderle, annaspava tra le sue cognizioni mediche alla ricerca di una ragione.

Lei gli aveva attraversato il petto con la mano e leggero il suo braccio gli pesava addosso.

«Non stare zitto,» l'implorava: «Dimmi. Perché stai zitto...»
Frugò nel buio alla ricerca delle sigarette. Alla luce del fiammifero la vide: tentava un sorriso, aveva gli occhi sbarrati e si stringeva sul suo cuscino.

II

«Ti è successo qualcosa quand'eri bambina,» cominciò, calmo.

«Che cosa,» fece lei.

Gli puntava la testa contro il petto, lo accarezzava dalla spalla al braccio.

«Qualcosa che non ricordi. Mentre giocavi. O con qualche ragazzetto. O ti sei toccata e fatta male.»

La sentì sospirare.

Poi: «Non capisco,» gli rispose.

«Non sei vergine,» scandì Castiglia, piano.

Si staccò da lui bruscamente.

«Sì,» gridò: «Che dici! Sì che lo sono, sì...»

Piangeva, le mani sulla bocca e sugli occhi.

«Non lo sei,» riprese: «Non c'è la minima traccia della tua verginità. Ricorda che sono medico.»

Nella confusione che lo dominava, e nel terrore, quella gelida calma di parole e di tono lo aiutò, lo fece sentire più forte.

Sabina scuoteva la testa sul guanciale, persa in pianto.

«No, no,» diceva tra i singhiozzi.

«Deve esserti successo qualcosa da bambina,» ricominciò lui. Teneva le braccia incrociate sul petto.

«Non mi vuoi bene,» urlò lei con la bocca sul cuscino.

«Zitta,» le comandò per farla smettere.

«Sono innocente, sono innocente,» urlava ancora.

«Sono medico,» rispose lui: «E ti dico che non sei vergine. Chiunque se ne sarebbe accorto.»

Una feroce tristezza lo stringeva, impedendogli di parlare come avrebbe voluto.

«Mi hai guardata...,» piangeva Sabina.

«Ti ho guardata e non sei vergine,» ripeté.

Sentiva il cuscino scuotere sotto i suoi singhiozzi, le prese la spalla, l'obbligò a tornargli vicino.

«Devi dirmelo, se è successo qualcosa,» cominciò: «Devi dirmelo subito. Quando eri bambina...»

«No, no,» protestò Sabina violentemente: «Niente! Mai niente, non mi è successo niente...»

«Non è possibile,» le tagliò la parola: «O non ricordi o vuoi ingannarmi. Domani possiamo fare una cosa: posso portarti da un medico, un ostetrico. Così sentiamo anche da lui. Ho ragione?»

Non piangeva più, lo ascoltava respirando ansiosamente.

«Sei d'accordo?»

«Sì,» rispose in un mormorio: «Sì.»

«Non hai paura?» le domandò ancora.

«Mi farà male?»

«Paura non del male. Che male vuoi che ti facciano. Paura della verità, di essere smascherata.»

Sentì aprirsi ancora quel suo singhiozzo.

«No,» gli rispose: «Io sono innocente. Non ho paura. Sei tu che vuoi disprezzarmi. Mettermi alla disperazione. Ti credevo buono...»

«Ma non sei vergine. Qui mi volevi buono? A perdonarti mi volevi buono?»

Subito si pentì d'aver parlato duramente. Doveva essere gentile, doveva abbondare in gentilezze e carezze, per consolarla, per farla parlare, per scoprire se l'aveva ingannato.

Nuovamente l'attrasse al suo fianco, le lisciò i capelli e la tempia con la mano.

«No, no,» protestava lei con un filo di voce.

«Non devi aver paura se non mi hai ingannato,» la consolava: «Non devi smettere di volermi bene. Stammi vicina...»

L'accarezzava lungamente, sentendole il fiato rompersi con un sussulto alla gola. In silenzio la volle accarezzare finché ritornò quasi calma. E allora, sciolta, la ripiegò, con la mano tentando di schiuderle le ginocchia.

«No, no,» l'implorava Sabina.

«Lasciami fare. Non voglio farti male, anzi...,» cercò di rallegrarla.

Le si accostava con la mano sentendosi riassalito da una primitiva emozione. E dolcemente, lentissimamente frugando dentro di lei, s'incupiva disperato: quella era una lacerazione di vecchia data, e Sabina l'aveva ingannato...

Sospirava stretta a lui, ogni tanto ancora scossa da un singhiozzo. E Castiglia s'accorse che neppure lei prendeva piacere, oscuramente tesa e attenta alla manovra.

«Non hai male, vero? Non è male,» si sforzò a dirle.

E la sentì sciogliersi un poco, sospirare, ma ancora impaurita.

Subito Castiglia risalì su di lei, attento la prese, cercando di non abbandonarsi. La sentiva sospirare, avvertì che lo subiva. Sollevò gli occhi a guardarla e la vide, come morta, con le braccia abbandonate, rovesciate sul cuscino, le dita strette a pugno.

«Abbracciami,» le comandò ansando.

Lentamente le mani gli si chiusero attorno al collo.

La fronte puntata nel cuscino, si muoveva dentro di lei, ferocemente lucido.

«Basta. Ho male,» protestò Sabina sottovoce.

Decise di finire e subito le si abbandonò addosso. Di nuovo aveva allontanato le braccia da lui, e lo reggeva in silenzio.

Si alzò, in bagno ancora volle guardarsi, pur sentendo idiota quell'ultima speranza.

Rientrato nella stanza, al buio, frugò tra le valigie finché ebbe trovato il pacco dei cibi che la vecchia Caterina ostinatamente aveva voluto infilare tra i bagagli. Svolse le carte, c'era un pollo, c'erano piccole torte che il viaggio aveva schiacciato, una bottiglia di vino. Ricordò di aver rifiutato i formaggi, il pane.

Sedette nudo, accanto alla finestra. Il pollo era freddo, unto, buono. Masticò senza una parola, guardando i fili di luce che penetravano tra le imposte.

«Cosa fai,» la sentì mormorare.

Non le rispose, seguitò a mangiare. Per un attimo era riuscito a liberarsi di ogni pensiero, ma ecco che la fredda disperazione e l'offesa gli si irrigidivano di nuovo in petto, ferendolo.

S'era alzata. Protetta da un cuscino, che teneva stretto sul ventre e il petto, lo guardava aspettando.

«Che devo fare,» domandò piano.

Capì che era vinta dalla stanchezza, forse da paura. Ma non volle spingersi troppo avanti a consolarla.

«Mangia,» le disse.

«Sì.»

«Vatti a lavare, poi mangi,» comandò.

Esitava a muoversi.

«Lavarmi come,» domandò.

Doveva insegnarle, non preoccuparla troppo, doveva essere gentile. Rapidamente giudicò che non avrebbe fatto figura di debole a aiutarla.

«Vieni in bagno,» le disse.

Senza una parola la sospinse in bagno. Lei si lasciò guidare a occhi chiusi. La costrinse a accovacciarsi tenendole il polso accennò a muoverle la mano.

«Va' via,» lo pregava Sabina.

Teneva le palpebre ben serrate, e tremava china davanti a lui, le labbra le sfuggivano increspandosi convulse. Le sussultavano le spalle.

«Via, via,» ripeteva.

Tanto s'era immaginato così con lei, con la confusione e il pudore di lei, e col proprio orgoglio soddisfatto che si irraggiava a aiutarla.

E ora, invece, disperato, in silenzio, la guardava sentendo i ginocchi che lo reggevano appena.

Non aprì bocca, appena Sabina gli ripeté «via, via» uscì dal bagno, si rintanò presso la finestra a mangiare. Scoprì impossibile sturare la bottiglia solidamente tappata, s'irritò, provò l'impulso di afferrare il vetro e scagliarlo ma subito riprese il controllo.

Ancora protetta dal cuscino era riapparsa.

«Posso prendere?» aveva domandato avvicinandosi al tavolo.

Strappò un pezzo di pollo e ritornò a sedere sul letto, cominciò a mangiare.

«Non sporcare dappertutto,» le disse.

«No, no,» s'affrettò a rispondergli umilmente: «Poi rifaccio il letto.»

Pensò che non avrebbe dovuto lasciarla dormire, ma ancora interrogarla, costringerla a parlare. La verità sarebbe venuta fuori.

La spiava nell'ombra. Altissima riaffiorò in lui la speranza di sbagliare. Un fatto casuale poteva esserle successo, che lei aveva inconsciamente voluto seppellire nella memoria. Si precipitò a sperare: perché è candida, lo è, non può avermi ingannato.

La stanza stava sprofondata in un grande silenzio, oltre i muri non trapelava un fruscio. Le liste sottili di luce disegnavano le imposte.

Cercò le sigarette, accese.

«Non credere di potertene star zitta,» le disse.

Lei s'era alzata, lo guardava immobile.

«Devi parlare. Vedi? Sono calmo. Ma tu devi parlare,» le disse ancora.

Gli mancarono i pensieri, e restò seduto a fumare con lei che aspettava, stretta al cuscino.

Poi s'alzò per un bicchier d'acqua in bagno.

Curva, impacciata, Sabina approfittò di quel suo muoversi per girare intorno al letto e riassettare le lenzuola.

III

Ora stavano nuovamente distesi, il lenzuolo tirato fino al mento. Non aveva cercato di avvicinarglisi.

«Non dormire,» le comandò.

«Non dormo,» sospirò lei.

«Sono calmo. Parla. Non m'arrabbierò, ma tu devi confessare,» riprese studiando le parole.

«E non piangere,» aggiunse sentendola mugolare.

«Non piango,» gli rispose.

«E allora parla.»

Si voltò un poco per guardarla. Stava abbandonata sul cuscino, le labbra aperte, l'occhio nero che batteva nella penombra.

«Parla,» ordinò.

S'era coperta la fronte col braccio.

«Ma che ti devo dire,» si lamentò: «Perché mi fai male a questo modo? Caino, ecco cosa sei. Tutti Caini con me.»

Si sporse di più, affannato.

«Chi Caino? Quali Caini?»

«Vuoi disprezzarmi,» rispose lei tra i singhiozzi.

«Chi dici che è stato Caino? E parla! Chi ti ha fatto qualcosa?»

Stava proteso, il cuore che gli doleva nel costato.

«Ma nessuno, nessuno è stato. Non conosco nessuno,» singhiozzava lei: «Nessuno m'ha fatto niente.»

Ricadde sul cuscino, le tempie gli dolevano. Rimase lunghi minuti senza pensare, fissando la macchia nera dell'arma-

He wants her to tell him how she got fucked the first time, but she waffles.

dio sulla parete di fronte. Lei non piangeva più, ogni tanto tirava un respiro rotto come un rantolo.

«Non dormire,» volle dirle.

«Non dormo,» gli rispose.

Un caldo odore di donna gli arrivava addosso a ogni movimento del lenzuolo.

Pensò che forse avrebbe fatto bene a avvicinarla, a accarezzarla ancora, a parlarle quietamente. Ma non aveva più forza, il sangue gli sbatteva ritmicamente alle tempie e i mille sospetti che gli formicolavano dentro, arruffandosi l'uno all'altro, lo costringevano a stare inchiodato dai piedi alla testa, gli occhi fissi, schiacciati a guardare l'armadio.

«Tu me lo devi dire,» ricominciò: «Ti devo togliere queste parole di bocca.»

Si tirò sul gomito.

«Per te c'è Dio, e poi io,» continuò alzando appena la voce: «E devi parlare. Io che ti ho trattata come una regina, e tu che mi copri di vergogna...»

Si voltò a buttarsi contro di lui, gli batté forte, cinque, sei volte, la fronte sul petto.

«No,» gridò piangendo: «No. Non ti ho fatto niente. Sono sana, non mi è mai successo niente.»

Non alzò un braccio per circondarle le spalle, rimase fermo sotto i suoi colpi, finché la testa di lei gli scivolò contro, indebolita.

«Allora sei d'accordo perché ti veda un medico, domani,» le disse: «Vuoi che ti obblighi a confessare in questo modo...»

«Te l'ho detto,» sospirò lei: «Portami da chi vuoi.»

Si lasciò ricadere sul cuscino. Ora altri pensieri lo rodevano. Si sentiva il collo come gonfio dolente tutt'attorno.

«Dammi una mano,» comandò e raccolse nella sua le dita umide e molli di lei.

Spinse la mano sotto il lenzuolo, la mosse in una carezza. Sabina tremava, le sfuggivano brevi lamenti.

«Non farmi così,» gli disse.

Non volle risponderle, guidava la mano di lei, che si era irrigidita. Le dita unite e tese ubbidivano alle sue, ma non volevano fermarsi dove lui le premeva.

«Non farmi così,» piangeva Sabina: «Non mi vuoi. Mi vuoi solo disprezzare. No, così no.»

Ancora volle premerle la mano, mentalmente dibattendo i significati diversi di quella paura, della ritrosia che la donna dimostrava.

«Ubbidisci, ubbidisci,» le ordinava a denti stretti.

«Ma cosa, perché,» protestava Sabina piangendo.

Ancora spinse, cercò di piegarle le dita, che ormai tentavano di sfuggirgli. Poi le lasciò andare e subito avvertì che Sabina si nascondeva le mani al petto. Non piangeva più, aridi singhiozzi le scuotevano ogni tanto il respiro.

Decise di aspettare.

«Non dormire,» le ordinò ancora: «Io sto qui. Tu non dormire. Aspetto che ti decida a parlare.»

Incrociò le braccia sotto il lenzuolo. Cercò di non pensare a niente, di guardare l'armadio. Non aveva sonno benché gli occhi gli dolessero acutamente sotto le palpebre.

Ma non poté restarsene in silenzio.

«Una madonna ti ho fatto,» le disse: «E tu mi hai ingannato. Con i tuoi cafoni dovevo lasciarti...»

Sabina si lamentava appena, raccolta sotto i lenzuoli.

«No, no,» cercò di opporsi.

«Pazzo io e chi m'ha fatto, pazzo a sperare,» si mordeva le labbra Castiglia, sottovoce.

Inseguiva le parole nella memoria per gettarle fuori a farle male, a spingerla a parlare. Sì, piangere doveva, e sì disperarsi.

«Io dovrei battere la testa, non tu,» alzò appena la voce: «Io pago questa vergogna...»

«No, no,» sospirava Sabina tra le lacrime.

Accese un'altra sigaretta, al chiarore del fiammifero sbirciando appena lei ammucchiata, stretta braccia e gambe, gli occhi che lo guatavano nell'ombra.

«Perché, perché,» riprese Sabina al buio: «Niente ti ho fatto, non parlarmi così, niente ti ho fatto...»

Sentì la pietà gonfiargli il petto. Era pietà e speranza insieme, un'infuocata speranza che si faceva largo tra i sospetti. Ma non si mosse, rimase inchiodato a fumare, diffidando di se stesso.

Erano in silenzio, attenti, rari rumori salivano dalla strada, e più tardi il vuoto battere sonoro di zoccoli sulle pietre. Una carrozza aveva fermato davanti all'albergo. L'udirono ripartire e nel silenzio, dopo, Castiglia sentì che più profondamente erano divisi, nemici.

«Non dormire,» le disse cercando di essere secco.

Gli rigalleggiò in mente l'impegno dell'indomani. Avrebbero dovuto far visita a una famiglia di lontani parenti di sua madre, i Campanile. Costoro non avevano spedito il regalo a Montrone, gli avevano scritto di sostare a Napoli per una apposita serata di festa. Decise che gli sarebbe sfuggito e compilò un biglietto da inviargli a mano entro la mattinata.

«Dormi?» domandò.

Sabina respirava come calmata.

«Dormi?» la scosse.

«No, no,» protestò lamentosamente sollevando un attimo dal cuscino la testa scarmigliata.

Un'improvvisa stanchezza gli calò sulla fronte, riaprendo gli occhi a fatica gli parve d'aver dormito, rabbioso si voltò verso Sabina. Stava ancora affondata nel cuscino e silenziosamente piangeva, le spalle nude scosse in un tremito continuo.

«Non si deve dormire,» fece uscendo dal letto. Spalancò le imposte, diede appena un'occhiata al mare lattiginoso, fermo nella luce del mattino.

Un chiarore biancastro rivelò la stanza in disordine, coi panni buttati sulle sedie, gli avanzi del cibo sul tavolo e le valigie in terra.

Rientrò sotto le lenzuola, il letto era freddo.

Si coprí gli occhi col dorso della mano. La luce dell'alba lo feriva. Sfiorando casualmente un piede della moglie lo sentì ghiacciato.

«Esco,» le disse.

Non alzò la faccia a guardarlo.

«Esco,» ripeté sbattendosi fuori dal letto a raccogliere vestito e indumenti: «Tu non ti muovi. Torno subito, il tempo di un caffè. Se bussano tu devi rispondere: "zitti, mio marito dorme". E nient'altro, hai capito? E non ti addormenti, è inteso.»

S'era girato a guardarlo, gli occhi strizzati dal pianto, le labbra livide. Annuiva osservandolo muoversi.

«Non ti fai la barba?» domandò.

«Sì, la barba,» volle risponderle: «Col funerale che m'hai messo in corpo.»

Sabina muoveva la testa seguendolo in ogni movimento.

Davanti allo specchio del bagno si guardò. Le due rughe che dal naso scendevano fino agli angoli della bocca stavano scavate, bluastre, in una pelle dai pori dilatati per la stanchezza. Si strizzò gli occhi con un po' d'acqua.

«Che fai?» osò Sabina con un filo di voce.

Lo vedeva raccogliere le sue scarpe bianche, sottili e nuove, chiuderle a chiave nella valigia.

«Così non ti salta di muoverti,» le rispose.

«Ma perché mi umilii, non voglio scappare,» riprese a piangere Sabina rovesciando gli occhi.

«Torno subito,» le ripeté senza più guardarla: «E voglio trovarti sveglia.»

Uscì. Sabina sentì la chiave girare due volte nella serratura.

IV

S'incamminò pesantemente lungo il marciapiede. Non conosceva quell'angolo di Napoli e avanzò a caso, sentendo il fresco del mattino portargli sollievo alle tempie. Ma la stanchezza s'era come raggrumata in nodi dolorosi, alla nuca, ai ginocchi, e sbadigliando e rabbrividendo s'accorse che le giunture gli scricchiolavano penosamente.

Arrivato a una piazzetta si guardò in giro in cerca di un caffè. Ma le botteghe erano chiuse e ruotando su se stesso si vide circondato da un quadrato di muri luridi, di porte strette e sbarrate. In alto il cielo diventava sempre più verde e nel silenzio s'udivano i tocchi soffici del mare poco lontano.

Non ebbe la forza di imboccare una salita, tornò indietro e infilò un vicolo di lastre grigie, scivolose. Un uomo lo andava risalendo adagio.

«Volete giornali?» disse quando fu alla sua altezza. E sfilò il foglio per subito rincamminarsi col suo pacco ancora legato.

Gaetano Castiglia proseguì, il giornale in tasca.

Ora il suo passo era più sicuro, l'aria l'aveva svegliato.

Sentiva nella mano il peso della chiave dell'albergo, assicurata a un grosso triangolo di ferro damascato.

E vide Sabina, che certo stava addormentandosi.

O forse s'ammazza, pensò.

Si concentrò a esaminare questa eventualità, ripercorse la stanza, il bagno, cercando di immaginare come Sabina potesse. Col suo rasoio, con la catenella del bagno. La finestra no, era al primo piano.

Andava sciogliendosi in quel pensiero, e affrettò il passo, provava fredda gioia, terrore e poi ancora gioia, ancora terrore di solitudine e vuoto, e acido in bocca, immaginando lei uccisa, che s'era strozzata o svenata per la vergogna di cui lo aveva coperto.

L'eccitazione gli cadde di dosso, e di nuovo la vide, addormentata, ignobilmente distesa nel letto, indifferente al dolore che lui trascinava con sé. Lui che l'aveva alzata da terra come una madonna.

Il vicolo, aprendosi lo aveva sbattuto in uno spiazzo triangolare. Anche qui i portoni erano chiusi, panni si muovevano sotto il cielo, venato di verde, davanti a imposte sbarrate.

Vide l'insegna di un caffè e volle sostare in attesa dell'apertura.

Sollevando gli occhi, la luce, piovendo da lassù gli sfrecciava aghi feroci nelle pupille. S'appoggiò al muro a sfogliare il giornale. C'erano fotografie di un assalto di fascisti al palazzo di un giornale di Milano e le minacce di sciopero che i socialisti manifestavano con brevi dichiarazioni. Guardò, senza vedere, la fotografia più grande, dove la gente era colta in fuga per una piazza affumicata, e dove due fascisti apparivano chini su un uomo già piegato a terra. Uno dei fascisti aveva una lobbia in testa, all'uomo in terra, sanguinoso, uscivano lembi di camicia dai calzoni.

Ripiegò il giornale, sentendosi abbandonato dal mondo, schiodato da se stesso. Provava un dolore al petto, perfido gusto sulla lingua e contro i denti.

Si vide schiacciato, e vide sua madre, quel suo sorridere tra le rughe del viso. Ma, riprendendosi, giurò che non avrebbe perso la calma, e che tornato in albergo non avrebbe alzato né voce né mani su Sabina.

Un uomo era apparso tra i battenti socchiusi del caffè. Seguì Gaetano Castiglia con gli occhi finché il medico ebbe attraversato lo spiazzo e gli fu davanti.

«Dovrete aspettare un poco, se volete il caffè», disse l'uomo.

Castiglia si rifugiò a un tavolo, al riparo dalla luce che la porta ora spalancata accoglieva nel locale.

«Un poco d'acqua. E un liquore», comandò fingendo di leggere.

Restò con le tempie tra i pugni a fissare il giornale spiegato, aspettando. Il liquore gli avvelenò definitivamente la bocca: ora sentiva l'acido salirgli dallo stomaco come un'elastica colonnina gelata.

L'uomo del caffè aveva tentato di parlare, additando la fotografia sul giornale.

«Se non li ferma il re, questi qua, chissà dove arriveranno», aveva detto aspettando una risposta. Se n'era andato poi con la bottiglia del liquore.

Gaetano Castiglia la vedeva, addormentata, le braccia lente sul cuscino.

O forse no. Forse aveva davvero paura e lo aspettava sveglia. Perché era innocente, e forse solo la paura improvvisa e l'emozione di sentirsi sua moglie le avevano impedito di ricordare la cosa, la disgrazia cadutale addosso quand'era bambina. Doveva essere innocente. Non si sarebbero salvati altrimenti. Una madonna l'ho fatta, e se è un inganno l'ammazzo, pensò.

«Il caffè,» gli disse l'uomo senza cerimonie.

Castiglia sollevò un momento gli occhi a guardarlo. Era un vecchio, col berretto sulla fronte, grandi baffi bianchi.

«Avete una faccia da brutta nottata,» gli disse: «Una disgrazia?»

Castiglia negò dietro la tazza.

«Mi favorite il giornale?» riprese l'altro allungando la mano: «Vorrei leggere di questi fascisti.»

Alzò il foglio, allontanandosi.

Anche il caffè gli parve acido, non lo riscaldò ma gli piovve in corpo senza smuovere la bile ghiacciata che gli si era messa tra il palato e lo stomaco. Pensò al fegato, a quella forma tenera e molle, a come facilmente un uomo se lo può distruggere, sentì male al fianco e lo schiacciò con la mano finché la fitta sparì.

Doveva rientrare, s'incamminò per il vicolo udendo sbattere le imposte di qualche finestra.

Capì che proprio scoprendola addormentata avrebbe potuto sperare nella sua innocenza. Un'anima candida non regge al sonno, volle ripetersi.

Era sveglia, seduta sul letto al girare della chiave. Aveva infilato la maglia.

«Avevo freddo,» si scusò. Il livido degli occhi le raggiungeva gli zigomi.

«Non ha bussato nessuno,» disse ancora.

«Fa' un po' d'ordine,» le rispose sfilandosi le scarpe. Si lasciò andare vestito sul letto, già lei muoveva per la stanza spingendo negli angoli le valigie, accartocciando i cibi avanzati.

«No,» le comandò, vedendola fermarsi alla finestra.

«Guardavo il mare,» si ritirò Sabina.

«Adesso basta, còricati.»

Scosse il capo.

«Vorrei vestirmi.»

«Còricati.»

S'avvicinò al letto, le mani sotto le ascelle, la sottoveste che la faceva più magra.

«Mi vergogno,» gli disse a occhi bassi: «Fammi vestire. Con questa luce...»

«Còricati. Còpriti.»

Lei si infilò sotto i lenzuoli con un gemito.

«Ricordati dei Campanile,» gli sospirò.

«Non andremo dai Campanile. Gli manderò un biglietto.»

«Ma ci aspettano, tua madre s'è tanto raccomandata...»

«Non andremo,» le rispose, forzandosi alla calma: «Non ti ci posso portare. Finché non so, resteremo qua dentro.»

S'era coperta fino alla bocca, e ogni tanto la scuoteva un brivido.

Non volle guardarla. Fumando, fissava l'armadio di fronte, lucido nel sole che ormai aveva spinto nella stanza un suo raggio nettissimo.

«Né Napoli, né carrozza, finché non saprò,» volle ancora dirle.

Sabina stava abbandonata nel cuscino, lo sguardo al soffitto, senza più lacrime.

«Tu non vorrai mai credermi, lo so,» disse: «E io che posso farci? Che vuoi che ti racconti?»

«Adesso è ancora presto,» le rispose: «Ma alle dieci ti cercherò il medico che sia adatto.»

«Io ti giuro, te lo giuro sulla Madonna, ti giuro che mai mi fu fatto niente. Potessi morire,» gridò Sabina.

Aveva congiunto le mani e le teneva alte sul capo, disperatamente.

Si sentì scivolare in un'ondata di stanchezza benevola, volle piegarsi verso di lei, accarezzarle i capelli e le guance.

«Ti giuro, ti giuro!» ancora gridava Sabina, gli occhi serrati. I denti le stridevano violentemente. Subito si girò sul fianco per nasconderglisi contro, lo abbracciò ancora giurando, lo strinse finché Castiglia ebbe male.

«Se sei innocente non hai ragione di disperarti,» le disse a bassavoce: «Se sei innocente, se m'hai voluto bene.»

«Sono vergine, sono vergine,» singhiozzava lei scuotendogli la testa contro il petto.

«Se sei innocente e un altro medico, non solo io, mi giura che la tua innocenza è possibile, ti domanderò perdono in ginocchio, mi farò calpestare da te,» le sussurrava ancora Castiglia: «Avrai tutto quello che vorrai. Ma...»

«Non m'han fatto niente,» singhiozzava Sabina senza portargli ascolto: «Nessuno, nessuno...»

L'accarezzava, le lisciava le spalle, i capelli.

«Ho male,» riprese Sabina cercando di frenare i singhiozzi: «Mi sento tutta spaccata. Ho male. Non portarmi oggi dal medico.»

«E va bene,» si lasciò andare Castiglia: «Oggi lo cerco. Ci andremo domani.»

Lei annuiva sollevandosi in lunghi sospiri.

«Tu lo sai come sono buono,» riprese Castiglia: «Mai hai avuto da lamentarti di me. Io voglio solo la tua innocenza. Mi spetta, sei mia...»

«Sono innocente. Te l'ho giurato sulla Madonna. Sei obbligato a credermi,» ripeté Sabina fievole.

S'era staccata da lui e con un lembo del lenzuolo asciugava la saliva e il pianto che gli avevano macchiato la giacchetta. Poi si lasciò andare sul cuscino.

«Spogliati,» le sussurrò Castiglia allentandosi la cravatta.

«Oh, no, no,» lo pregò lei coprendosi la faccia.

«Spogliati.»

«Non farmi più niente. Pietà, non farmi più.»

Ma già gli ubbidiva, trafficando sotto i lenzuoli.

«Buio,» pregò ancora.

«Non importa,» le rispose Castiglia.

Già le era sopra, stordito dalla stanchezza, ma nuovamente precipitato a provare, a sapere.

Lei lo aveva accolto supinamente, le labbra chiuse, le braccia abbandonate.

«Guardami, guardami,» le comandava ansimando.

Ma lei: «Fammi morire, fammi morire,» sospirava.

Quando ricadde, Castiglia sentì la fatica corrergli nelle ossa come un formicolio, colpirlo poi alla nuca con morbida, definitiva violenza.

Restò immobile su di lei, in silenzio, poi scivolò di lato sul cuscino, le vene prosciugate e in bollore, sentendo più forte, cresciuto e senza speranza il suo dubbio.

Chiuse gli occhi, cercò aria. La ascoltava respirare a pochi centimetri, gli arrivava al mento il suo fiato, macerato dalla notte.

«Dormi,» lo invitava in un sospiro.

Negò agitando la mano sollevata.

«Non possiamo presentarci così da quei Campanile,» provava ancora Sabina.

«Non andremo, non ti ci posso portare,» riuscì a risponderle.

La sentì muoversi, allontanarsi da lui, dall'ondeggiare del lenzuolo intese che si raggomitolava cercando rifugio contro la stanchezza.

«Non dobbiamo dormire,» le disse.

E subito, per ridarsi forza, si spinse fuori dal letto, si trascinò in bagno, piegò la nuca sotto l'acqua fredda del rubinetto.

«Dio mio,» sospirava tremando.

Si sollevò e vide la propria faccia devastata nello specchio, gonfia nell'asciugamani e unta.

«Sabina,» chiamò.

Gli rispose la voce sepolta nel lenzuolo.

«Non dormire,» le gridò severo.

Volle pettinarsi, volle ordinare sulla mensola gli oggetti per la barba, le forbicine.

Rientrò nella stanza dove Sabina aprì solo per un attimo gli occhi smarriti.

«Dobbiamo perdere il sonno,» cominciò a dire passeggiando su e giù: «Qui non si chiuderà più occhio finché non so. Alzati, vèstiti...»

Camminava avanti e indietro, le mani sprofondate nelle tasche, senza scarpe.

«Sto male,» si lamentò Sabina raggomitolata nel letto.

«Alzati, usciremo un momento a bere qualcosa di caldo,» ordinò.

He's not sure what to do w/her.
They try to sleep but he can't.
Both get up.

V

Al caffè, dopo due limonate calde, erano rimasti seduti in silenzio.

«Pensaci,» le aveva sussurrato un'ultima volta Castiglia: «E deciditi a parlare. Per il tuo bene: confessami tutto prima che si vada dal medico domani.»

Il temporale del giorno precedente aveva lasciato un cielo di smagliante azzurro, che veloci nuvole percorrevano sfrangiandosi mollemente nei lunghi bordi bianchi.

Un grande ombrellone li riparava dal sole, gli altri tavolini erano deserti, i camerieri guardavano dalla soglia il tratto di strada che finiva contro un alto muraglione, alla cui cima spuntavano chiome d'alberi, erbe, scintillii di cocci di vetro. Un lustrascarpe, allontanato dal caffè, ancora guatava dal suo angolo lontano Gaetano Castiglia.

Non si guardavano in faccia, ambedue chiusi, isolati nella stanchezza, fissi agli oggetti sul tavolo, alle rare cose della strada. Che, all'improvviso, si riempì di un camion, lento alla curva, poi subito più veloce, e irto di voci che cantavano. Erano fascisti, dietro il camion arrancava una macchina, anch'essa ricolma di gente in camicia nera col teschio sul petto. Passarono agitando le mani, i bastoni.

«Un'altra bastonatura a quelli del porto,» disse uno dei camerieri: «Quelli della Federazione del mare, socialisti. Lo leggerete sul giornale, domani.»

«Perché?» domandò Sabina fissando il marito.

«Non pensarci. Non ti riguarda,» le rispose Castiglia.

«Quelli ci faranno fessi tutti quanti,» commentò ancora un cameriere.

«Il re li fermerà,» gli rispose un collega.

«Il re, sì,» lo derise l'altro: «Se non si decide sfilano la poltrona pure a lui.»

Parlavano guardando Castiglia, si allontanarono non essendo stati degnati di risposta.

La strada era di nuovo vuota, fresca e umida nell'ombra maculata dei muri, bianca e asciutta nelle strisce di sole.

«Andiamo,» fece Castiglia alzandosi.

S'incamminarono verso l'albergo, senza una parola.

Nella stanza riordinata sedettero, Castiglia al tavolo, Sabina in una piccola poltrona.

«Se mi dai le chiavi metto in ordine la roba nei cassetti,» disse Sabina.

Non le rispose, per controllarsi e non urlare aveva bisogno di silenzio. La moglie lo spiava, sempre più spesso comprimendo con la mano uno sbadiglio.

«Male,» disse.

«Che male,» riuscì a domandarle.

«Mal di pancia. Ma anche di più. Dappertutto,» si lamentò lei ripiegata nella poltrona.

Non vuole parlare, troppo l'ho spaventata, pensava Castiglia: e sbaglio, devo farmi vedere buono, allegro, dovrei festeggiarla.

Ma non riusciva a muoversi, appoggiato al tavolo guardava la striscia di mare lontano, baluginante sotto il sole.

«Vattene a letto, dormi,» le disse: «Stasera abbiamo il teatro.»

«Ancora mi ci vuoi portare?» domandò Sabina.

«Sicuramente,» le rispose: «Adesso riposa.»

La sentì avvicinarsi, sfiorargli la nuca con la mano.

Uscendo dal *Mercadante* sentì la moglie stringergli il braccio con la passione che aveva scoperto in lei durante il lungo fidanzamento.

«Che bello,» gli aveva detto.

E sorrideva dimentica, rallegrata dalle luci, dalle canzoni, dall'angolo vellutato del palco dov'erano rimasti oltre due ore in silenzio a vedere e ascoltare. Anche la mano, più volte, aveva cercato di tenergli tra le sue e Castiglia s'era abbandonato, lucido, per un attimo, l'aveva poi ritirata con discrezione, per non offenderla.

In carrozza, diretti all'albergo, s'era appoggiata alla sua spalla, in sorrisi e sbadigli.

Ma, una volta a letto, capì che doveva non darle più tregua, bensì approfittare di quei momenti e costringerla finalmente a parlare. Non l'abbracciò, ristette sul cuscino senza neppur voltarsi sul fianco a guardarla.

«Perché?» domandò Sabina inutilmente avvicinatasi.

«Perché non vuoi parlare. Già ti sei dimenticata del medico di domani,» le rispose.

Si ritirò da lui in silenzio.

«Non voglio più toccarti, finché non ho saputo,» le disse ancora Castiglia.

Subito s'accorse che lei s'era rincantucciata nel suo angolo per dormire. Accese la luce, l'obbligò a voltarsi.

«Oggi hai riposato, a teatro sei stata. Ora parla,» le disse.

«Ho giurato. Vuoi che giuri ancora? Su cosa devo ancora giurare?» lo supplicò Sabina, pallida: «Come posso farmi credere da te?»

«Va bene. Basta. Sentirai il medico.»

L'aveva detto sentendosi straziare. Ormai era certo dell'inganno, e forse avrebbe dovuto batterla, cacciarla dalla stanza, insultarla.

«Se diranno che non sei pura, ti scanno,» le disse sottovoce.

Sabina non rispondeva, le mani sugli occhi a difendersi dalla luce.

Volle far buio, per aiutarla ancora a parlare.

E appena spense la lampada, subito la sentì farglisi vicina, cercare di tenerlo tra le braccia.

«Non portarmi dal medico,» gli sussurrò: «Non farmi questa cosa.»

Rimase in silenzio a ascoltarla, il cuore gli doleva nel petto aspettando altre parole, ma Sabina non continuò.

«Dormiamo,» gli disse ancora dopo un lungo minuto: «Anche tu sei stanco. Domani...»

«Devi confessare, lo sai,» le rispose: «O domani si torna a Montrone. E vedrò io con le tue zie.»

Ora lei silenziosamente piangeva di nuovo, lamentando dolori al ventre, allo stomaco, stringendoglisi contro, dai piedi gelati alla fronte.

«Che mi vuoi far dire,» sospirava: «Che cosa...»

«Tutto mi devi dire, se vuoi essere perdonata. Tutto,» le mormorava Castiglia.

Teneva le braccia distese lungo il corpo e si lasciava abbracciare, immobile, teso soltanto al dominio della furia che gli spumeggiava nel cervello.

«Tutto,» ripeté: «Quello che t'è successo. Io lo so. Come se lo vedessi. L'osteria, quella gente. Non puoi più startene zitta.»

Lei piangeva tremandogli contro, correndogli con la mano sul petto.

«Tutto il bene che ti voglio,» le sfuggiva in un lamento: «Disgraziata che sono...»

«Devi parlare,» le rispondeva, calmo: «Hai giurato. Anche se hai giurato il falso non importa. Ma adesso devi parlare, capisci? E tutto devi tirar fuori, se vuoi essere perdonata, tutto, tutto...»

Sabina gli batteva la testa contro la spalla, ma senza forza ormai.

«Disgraziata, disgraziata,» piangeva: «Morire subito dovrei, non ho più voglia di campare...»

«Chi è stato,» riuscì a domandarle.

He tells her she must say everything about why she's not a virgin

Pesò il suo silenzio, l'ansito che la immobilizzava al buio, accostata a lui, disfatta.

«Chi è stato,» ripeté, piano.

«Ma non fece niente,» si ribellò Sabina con la voce rotta: «Non facevamo sentimento... Niente riuscì a farmi...»

«Chi è stato.»

«Una volta, mentre andavo in municipio,» si precipitò lei disperatamente: «Mi venne dietro, mi spinse in quella stalla vuota che c'è di fianco al municipio. Due anni fa. Ma non mi fece niente. Perché subito svenne.»

«Chi,» fece Castiglia, la bocca secca come un guscio.

«Carbone,» esalò lei: «Carbone Vincenzo.»

VI

Lo vedeva, annaspando nella memoria, Carbone Vincenzo: quei baffi sulla faccia giovane, la divisa di tenente.

«Quando,» domandò.

Si sentiva gelido, ma perfettamente calmo, come liberato, e ora anche staccato da lei che gli tremava al fianco. Nel silenzio immaginò la madre.

«Quando.»

«Te l'ho detto» sospirò Sabina stentatamente: «Due anni fa.»

«E cosa fece.»

«Ma te l'ho detto,» gli rispose in un lungo singhiozzo: «Non poté fare. Svenne.»

«Perché non poté?»

Sentiva la propria voce uscirgli ferma dalla gola, attenta alle parole da dire.

«Svenne,» disse ancora Sabina: «Mi schiacciò contro il muro, mi teneva la mano sulla bocca. Ma io non stavo ferma, avevo paura. Lui cercava, mi spingeva, ma non riuscì...»

«Non ti tirò giù le mutande, vuoi dire.»

«Sì,» sospirò stremata: «Non riuscì. Poi subito lo vidi cadere, e allora corsi fuori, scappai...»

Si lasciò andare in un lungo respiro, ma ancora attento al pianto di lei, al tremare del suo corpo allungato.

«Ma niente più,» si disperava Sabina: «Niente altro, giuro. Io non sapevo, avevo solo paura... Mi aveva sempre fatto paura. Niente riuscì a farmi.»

«Non è vero,» le disse.

Gli si strinse con violenza.

«Sì,» urlò come soffocando: «Ho giurato, sì che è vero, vuoi vedermi morta...»

«Anche stanotte giuravi, ed era falso,» le rispose sottovoce: «Ormai devi confessare tutto. O domani sentirai il medico. E poi torneremo a Montrone.»

«Tu non mi vuoi più,» piangeva Sabina: «L'ho capito. Non mi vuoi. Perché sono disgraziata. E tu sei una serpe, vuoi vedermi morire...»

«La verità voglio,» le disse senza alzare la voce: «Solo quello che cerchi di nascondermi, quello voglio. O lo sentiremo dal medico, visto che non confessi. E quando il medico avrà detto, io deciderò.»

«Ma cos'hai da decidere,» gli fece in un lamento: «Son tua moglie. Io posso anche morire, ma se mi vuoi devi volermi bene...»

Tacque, deliberatamente rinunziando a cercare altre parole, a risponderle, a sollecitarla ancora. Solo tacendo, adesso, avrebbe ottenuto di sapere, solo col disprezzo, allontanandola, costringendola a vedersi intorno soltanto la vergogna di cui era coperta. Rimase immobile, schivò la mano che lo cercava, evitò le labbra che gli si avvicinarono alla guancia.

Di nuovo Sabina singhiozzava disperata.

«Devo morire,» gridava contro il cuscino: «Questo vuoi, così sarai contento...»

«Devi parlare,» si sforzò a risponderle: «Quello che hai raccontato è niente. Non saresti come t'ho trovata se non fosse successo altro.»

«T'ho detto tutto.»

«E allora se hai la coscienza a posto, dormi,» le rispose: «Non aver paura del medico di domani, e dormi.»

Nuovamente Sabina si districò tra le lenzuola per cercarlo, abbracciarlo. Castiglia si mantenne inerte sotto la mano che lo accarezzava.

He doesn't believe her story

«Non farmi così,» gemeva la donna.

«Non toccarmi,» le disse: «Non voglio essere toccato finché non so.»

La mano di lei gli si indebolì addosso finché fu ferma.

«Ma che ti devo dire,» ancora oppose Sabina fiocamente.

«Non è vero che ti è successo solo quella volta. Ma anche altre. Ed è questo che vuoi nascondermi,» fece l'uomo.

Vedeva Vincenzo Carbone passeggiare per la strada del paese, e in sosta tra gli amici davanti alla chiesa. Tre giorni prima del matrimonio s'erano incontrati, e quello l'aveva salutato con un sorriso, la mano alla visiera. Adesso capiva il significato di quel sorriso, la lentezza ironica della mano che si alzava nel saluto. Il tenente Carbone: figlio di bottegaio che dopo la guerra s'era fatto confermare ufficiale, e ogni tanto tornava da Torino, o da dov'era, con la sua mantella a passeggiare in licenza, la sciabola che spuntava oltre l'orlo. A quell'ora Carbone Vincenzo rideva di lui, passeggiava godendo il bene che gli aveva tolto...

«Un'altra volta successe, come la prima,» fece Sabina cupamente: «Ancora in quella stalla, e non gli riuscì.»

«Perché svenne,» sillabò Castiglia. Il sangue gli formicolava nelle palme, gli sbatteva nelle vene del collo.

«No, ma si sentì male, e mi lasciò scappare.»

«E poi?»

«Nient'altro, nient'altro...»

«Non è vero,» la smentì tendendo i muscoli. Gli dolevano le ossa delle spalle: «Non è vero. Ti ha presa, ti ha sfondata...»

Sabina piangeva sommessamente, senza più resistere.

Allora si tirò sul gomito, l'attrasse, le circondò la nuca, l'accarezzò, volle baciarle gli occhi devastati.

«Ti fa bene se parli,» le disse: «Parla, se confessi tutto sarai perdonata. Tutto mi devi dire...»

«Perché, perché,» si smarriva lei cercandolo con le mani: «Perché m'hai messo questa croce. Io non volevo... io ti voglio bene...»

Ebbe un singulto fortissimo, come di nausea, ristette boccheggiando, seduta sul letto, nello sforzo di reprimere il vomito. Si rilassò poi in un lamento.

«A me lo devi dire,» seguitava Castiglia accarezzandole i capelli, la fronte: «Tutto, tutto. Sennò non starai mai bene, ti porterai questo veleno in corpo tutta la vita... Su, non faticare... parla...»

«Sì,» gli rispose: «Sì. Ma devi aver pietà. Io ho cercato di dirtelo. Io volevo che tu mi prendessi, prima. Così ti saresti accorto. Non trovavo le parole per dirtelo, e tu troppo mi rispettavi. Troppo, sempre te l'ho detto. Io speravo che tu, facendo, te ne saresti accorto. Allora avresti potuto decidere veramente di sposarmi o no. Io non volevo ingannarti. Ma come può fare una povera ragazza per farsi capire? Tu mi rispettavi, e io che dovevo inventare per farmi capire?»

«Sì, sì,» le sussurrava Castiglia: «Ma parla, parla...»

«Una terza volta, in quella stalla, mi prese, mi fece molto male, e uscì anche un poco di sangue, ma poco. Io ero disperata, avevo paura di lui, delle mie zie. Così andai dalla sorella di Carbone. Ha quel negozietto dove prepara pure il caffè. Glielo dissi. E lei giurò che suo fratello era pazzo di me, che mi avrebbe sposata e portata a Pinerolo, dove fa l'ufficiale.»

Riprese fiato, gli si rimpicciolì tra le braccia.

«Avanti.»

«Elena Carbone mi diceva che suo fratello Vincenzo persino di notte mi chiamava, e le scriveva da Pinerolo quando era in servizio parlandole di me. Mi disse che se volevo dargli pace avrei potuto. Se fossi andata a trovarlo in casa, mi disse, lui si sarebbe spiegato, m'avrebbe detto del bene che mi voleva. E così andai, una mattina, prima che gli scadesse la licenza, Elena ci lasciò soli, e lui mi fece molto male. Tornò due mesi dopo e mandò ancora la sorella a chiamarmi. Io non volevo proprio più, anche perché Elena mai m'aveva detto di saluti mandati per me, e rifiutai. Ma Elena ancora giurò che suo fratello voleva sposarmi. Così mi lasciai trascinare. Stetti con lui un'ora di pomeriggio. Ma non mi lasciai spogliare. Mai mi ha vista spogliata, potessi morire...»

«E poi.»

«Basta. Veramente. Non si fece vedere, non mi cercò. Anche Elena non mi cercò. Tre mesi dopo ti vidi per la prima volta, e come ti guardai...»

«Rispondi: e le mani... E in bocca...»

«Niente,» urlò Sabina: «Niente ho fatto. Non l'ho mai visto né toccato!»

L'aveva scostata da sé, rotto dalla fatica, da mille punte di dolori erratici per il corpo. Né Sabina tentò più di abbracciarlo. Piangeva silenziosamente, ogni tanto scossa da un singulto più rauco.

L'udì poi alzarsi, vomitare in bagno.

Rimase immobile nel buio. Le pupille gli bruciavano sotto le palpebre come due pesi infuocati.

Il pomeriggio doveva essere assai tardo, dalla strada salivano attraverso le imposte chiuse i rumori delle carrozze, voci.

Cauta, Sabina era tornata tra i lenzuoli e non piangeva più, ogni tanto le sfuggiva un lamento, come di bestia malata.

Castiglia non riusciva a pensare. Ora Vincenzo Carbone era una figura nebbiosa che gli sfuggiva tra i varchi e le obnubilazioni della memoria. Di quell'Elena ricordava appena la testa raccolta dentro una treccia, nera e quindi giovane.

L'ora e il mondo gli si spappolarono addosso, il cervello ondeggiò franando da quelle immagini informi di persone nemiche a nuovi e ancora taciuti sospetti.

Un sonno bruto lo schiacciò per qualche ora. Quando riaprì gli occhi vide tra le fessure delle imposte trapelare le luci notturne, e nella penombra scorse Sabina, bianca come morta, gli arti scomposti addormentati.

VII

Radendosi in bagno, sentiva la giornata trascorsa rimuoverglisi in petto come un vino guasto. Una seconda notte gli pesava davanti, una montagna. Era stordito. Studiandosi nello specchio, dalle basette al mento, s'accorse che cercava inconsciamente di evitare i propri occhi.

Non devo vergognarmi, reagì, non io: io tutto le ho portato, e lei solo una bellezza corrotta.

Capì di dover ritornare a Montrone. Avrebbe avanzato come scusa il cattivo tempo di Napoli.

Non posso perdonare, giudicò ancora riordinando sulla mensola rasoio e pennello, e non ho soluzione. Porta il mio nome, se la rinnego finisce abbandonata a se stessa, in quell'osteria, o peggio, in balìa di tutti. E per il mio onore non posso tenerla, o dimenticare, o proteggerla.

Una straordinaria calma lo irrigidiva, illuminandolo. Il batticuore era sparito, il malessere fisico si trovò bilanciato dai primi brividi d'una nuova energia.

Solo io posso giudicare, io che ho patito, pensò. E solo io ho il diritto di decidere, di fare.

In piedi davanti al lavabo, attraversò lentamente Montrone, per la strada pietrosa fino al tratto che portava al giardino di casa Castiglia. Vide ogni angolo di muro, ogni porta, vide la gente, gli sguardi, udì i saluti. Già sapevano, e forse parlavano di lui, cafoni e bottegai, salutando Elena Carbone nel suo negozio di vini e caffè.

Non mi conoscono, concluse gelidamente, mi conosceranno.

Capiva di dover decidere, prima ancora che una qualunque pietà gli si insinuasse in corpo a far danno. Pensò a sua madre, a quei sorrisi di compatimento, vide il circolo di Avellino, dove una volta all'anno si portava, alle spalle di sua madre, per una festa che teneva tutti sotto gli occhi e il giudizio di tutti.

E vide il revolver di suo padre, soprattutto. Così fu certo di doverla uccidere, implacabilmente cancellarla.

Tornò a letto. Una pace freddissima l'aveva calmato in modo definitivo. La fantasia al lavoro spegneva grado a grado ogni residuo di stanchezza fisica. Doveva pensare, prevedere, studiare ogni mossa, ormai, ogni parola.

L'udiva respirare, raggomitolata sotto le lenzuola, ma come se fosse una cosa, infinitamente lontana da lui.

Per un attimo vide l'anello della grossa catena che ancora si mostrava nel solaio di casa Castiglia. Pareva che a quell'anello un suo bisnonno avesse tenuto legata per anni una moglie impazzita.

No, Sabina doveva morire nobilmente. Per l'amore che le aveva portato, lo meritava.

Una nuova ansia, sottile, maligna, gli irritava i pensieri più determinati: come se avesse dovuto obbedire subito al suo ordine di vendetta, al bisogno di ripulirsi.

Cercò di non cedere a questa smania, che poteva impedirgli il giusto compimento dell'azione.

Non doveva più seguire i sentimenti, ma respingere sia il molle groppo d'emozione che il suo fallimento d'amore ancora gli annodava in gola, sia il desiderio di precipitarsi in un atto non minutamente studiato.

Scivolò nel sonno senza più fatica, a tardissima notte, e malgrado i pensieri non sognò, svegliandosi si sentì in salute come poche volte in quegli ultimi tempi.

Sabina usciva dal bagno, slavata e rotta dagli incubi notturni, e lo guardava aspettando una parola.

Sedette poi sul letto, piegandosi appena nella speranza di ricevere un saluto, un bacio.

«Torniamo a Montrone stamattina,» le disse.

«Oh, no, no,» lo pregò quietamente.

«E domani ti accompagno a Atripalda da tua zia. Tutto le dovrai raccontare, come a me. Deve sapere chi sei.»

Uscì dal letto per non dover respingere i suoi tentativi di abbracciarlo, rivestendosi la vedeva supinamente obbediente, lenta nel muoversi come una malata.

Una carrozza li portò alla stazione, bevvero un caffè in silenzio, lei ogni tanto guardandolo, sempre in attesa, lui come estraneo.

«Non mi hai perdonato,» gli disse a fronte china quando furono in treno.

«Con mia madre, per ora, non devi avere quella faccia,» le rispose: «Solo a tua zia devi parlare. E non chiedere aiuto a nessuno.»

«Io nessuno voglio,» s'umiliò lei.

Aprì il giornale per non guardarla. Col cappello bianco e i lunghi guanti lo infastidiva, gli toglieva forza.

Il treno si trascinava per una campagna verde e calda nel sole, ma dal finestrino aperto entravano folate d'aria fresca e sbuffi di vapore irritanti per il pulviscolo del carbone.

Sentiva lo sguardo di Sabina cercarlo, posarsi su di lui sperando ancora.

«Non dirmi niente, non farmi parlare,» le ingiunse per impedirle ogni tentativo di discorso: «E non piangere.»

A riparo del giornale, non riuscì tuttavia a concentrarsi in un pensiero lucido come quelli che aveva maturato durante la notte.

Eppure capì che doveva sopportarla, e ancora fingere, quando avrebbero incontrato la madre, per esempio, perché le cose non precipitassero sconvolgendo i suoi disegni.

Questa era la parte più difficile. Questa attesa ignobile lo legava con lacci crudeli mentre il suo sentire era già oltre, già in moto e si placava soltanto nell'immaginare lo scopo raggiunto.

Una carrozza li portò a Montrone. Castiglia l'aveva scelta chiusa e si poté attraversare la strada del paese al riparo dagli sguardi della gente.

Accompagnò la moglie nella stanza, bussò alla porta della madre.

«Ecco uno scialle per te,» le disse sorridendo: «Non è molto. L'ho comprato alla stazione di Napoli. Abbiamo avuto cattivo tempo, non s'è potuto passeggiare.»

La signora Maddalena lo guardava, studiandogli ogni ruga del volto.

«Non hai un'aria di salute,» gli disse.

«È la stanchezza,» rispose con allegria: «E lei è più stanca di me. Non farle troppe domande.»

La signora Maddalena scuoteva il capo, suonò poi per ordinare a Caterina qualche piatto speciale.

Fu un pranzo silenzioso.

Sabina non alzava gli occhi dai cibi, Castiglia parlava poco, con un tono perentorio che gelava le frasi alle labbra.

Nell'andirivieni della domestica, nel porgere degli oggetti a tavola, cadevano minuti lunghissimi, che Castiglia controllava tra le fessure degli occhi.

Ma la signora Maddalena non pareva portare attenzione. Mascherata dietro un sorriso, coglieva il suo brodo come distratta. Evidentemente voleva tenersi a distanza dall'aria nuova piovutale in casa. Una sola volta, posato il cucchiaio, si fermò un attimo a sogguardare Sabina rimpicciolita sulla sedia, e poi il figlio. Lui raccolse lo sguardo con volto impassibile, tanto che la madre di nuovo poté sorridere, come presa da chissà quale futile pensiero.

Mandarini e il sacchetto dei fichi, dall'orlo tutt'attorno accuratamente avvoltolato, apparvero infine sul tavolo. Quando Castiglia inclinò il canestro, la mano di Sabina, avanzando a cogliere un frutto, si scoprì tremante.

La signora Maddalena, con uno sporgere di labbra, ebbe come un interrogativo. Ma la cauta alzata di spalle del figlio la rassicurò.

La lasciarono sola subito dopo il caffè.

Saliti nella loro stanza, videro sui tavolini, ai lati dell'enorme letto nuziale rigonfio, le anfore d'acqua e menta predisposte da Caterina.

Era rimasto a aspettarla in carrozza.

«Fatevi mostrare da vostra nipote i panni della prima notte,» aveva detto alla zia.

Ora udiva i rari scoppi di pianto, subito zittiti, alzarsi oltre i vetri chiusi della casa. Poi Sabina uscì sola.

«Non ti ha voluto accompagnare, si vergogna di te,» l'accolse Castiglia.

Voltò il carrozzino per rientrare a Montrone.

«Lasciami andare,» lo pregò Sabina sottovoce.

«Dove.»

«Dovunque. Lasciami partire, non si può continuare così,» gli disse ancora.

La guardò, era pallida, con gli occhi cerchiati, violacei, malgrado il riposo notturno.

«Non voglio essere detta la tua rovina,» diceva la donna: «Tu mi tieni lontana. Hai schifo. E io non voglio più una notte come stanotte. Lasciami andare. Scacciami.»

«Non si può,» le rispose frustando il cavallo: «Hai il mio nome. Dovunque vai porti il mio nome.»

«Ma io voglio solo...»

«Tu non puoi volere. Solo io voglio e non voglio.»

Risalivano il sentiero tra i castagni, ormai in silenzio. La strada di Montrone era deserta a quell'ora del pomeriggio, solo qualche bambino corse a spingere in là il suo porco o la sua capra per lasciar spazio alla vettura.

Ogni pietra, ogni foglia era un'immagine di morte per Gaetano Castiglia. I muri corrosi lo offendevano, la polvere della strada tra i castagni gli aveva sporcato l'animo. Tremendo fuoco era in lui il desiderio di pulizia, di abbandono a un lavacro purificante.

«Vergogna, dappertutto vergogna,» borbottò, più per odio verso tutto che per umiliare nuovamente Sabina, stremata al suo fianco.

In cortile ancora l'uomo volle cautelarsi.

«Vai nella tua stanza e non parli con anima viva,» comandò.

Poi sedette in giardino a fumare. Doveva aspettare il tramonto per la passeggiata attraverso il paese.

Avrebbe passeggiato una buona ora perché tutti potessero vederlo tranquillo, ignaro, quindi in pace con se stesso. Sapeva di dover attraversare sguardi rapidi e attenti, ma si sentì preparato. Da ogni porta avrebbero sollevato gli occhi su di lui, e quelli che già sapevano avrebbero mormorato, atteso il suo ritorno lungo la strada per esaminarlo furbescamente, un'altra volta, dalla nuca ai talloni. Ma era pronto, con la fredda sicurezza necessaria. Nessuno, di quelli che sapevano, avrebbe potuto dire a Elena Carbone d'averlo visto agitato. E Elena Carbone si sarebbe messa il cuore in pace, allontanato ogni timore. Solo a lei doveva essere dedicata, passo su passo, quell'ora in paese. Perché era lei, nel disegno di Castiglia, la seconda a dover pagare. Vincenzo Carbone era troppo lontano e chissà quando sarebbe tornato in licenza. Lo si doveva dunque colpire almeno nei suoi affetti fraterni.

S'era addormentata. Dopo gli ultimi lamenti e un debole tentativo di tenergli la mano, aveva preso sonno, la fronte appena solcata da una ruga.

Aspettò, fumando. Ogni tanto un tremito lo scuoteva.

Accese la piccola lampada sul tavolino da notte e restò lì, la bocca asciutta, a guardarla. Sabina sospirava, il braccio sinistro rovesciato sul cuscino.

«Sabina,» provò a chiamarla piano.

Ancora volle scuoterla un poco.

Poi decise, e cautamente uscì dal letto, prese i fiammiferi e scese la scala, a ogni gradino sostando. Il revolver era in una scrivania della saletta da pranzo, lo trovò al buio, scese in cantina al lume di un fiammifero.

Vide una candela, accese, avvolse poi strettamente due o tre stracci intorno alla mano e al revolver impugnato, premé la canna contro un sacco di farina. Sparò. Funzionava. Ebbe un sospiro di sollievo.

Lungamente attese porgendo l'orecchio. Ma la casa era rimasta sepolta nel suo sonno.

Con precauzione risalì le scale, si sdraiò sul letto.

Sabina non s'era mossa, ancora il braccio pesava mollemente sul cuscino.

Non poteva ucciderla sparando, sarebbero subito accorsi e gli avrebbero impedito la seconda vendetta. Si alzò, prese il rasoio in bagno, lo depose sulla sedia accanto al letto. Ricominciò a fumare.

Ora il tremito lo coglieva più forte, e anche un ghiaccio sudore, e come una voglia di pianto, di urli, che gli premeva in gola. La cenere della sigaretta gli cadde sul petto, sul lenzuolo. Spense e riaccese, e poi un'altra, un'altra ancora.

Allungò la mano verso il rasoio, l'alzò per guardarlo, esausto lo ripose sulla sedia.

Sentiva l'urlo e il terrore tremargli in petto, i denti gli battevano come per una febbre.

Ancora allungò la mano ma non riuscì a tenere il rasoio fermo.

Non sapeva più. Si sentiva accalorato, le palme viscide per il sudore, il cervello gli bolliva nel cranio al pensiero di non aver più la necessaria forza.

La guardava respirare, la testa reclinata nell'onda del braccio. Bella, pensò. Destino, gli ruotò nel cranio.

Di nuovo aveva il rasoio, e ancora lo dovette posare per asciugare contro il lenzuolo il palmo sudato.

Fu in ginocchio, sentì i muscoli gonfiarglisi come a crepare la pelle, le chiuse la bocca con la sinistra e subito vibrò il colpo, premendo nel collo ancora finché udì spegnersi il raschiare della lama. La carotide, capì, il sangue era volato alto, fulmineamente s'allargava.

Sentì il tremito delle gambe di lei, la vide rovesciare le palpebre, il braccio sul cuscino ebbe un brivido.

«Sono io che t'ammazzo,» gli uscì nel soffiare di bocca.

Alzò il rasoio, rimirò ansimando l'enorme squarcio che divideva quasi il collo dalla testa. Il sangue colava vasto, fiotti ancora, lo fissò finché vide chiaramente l'orlo delle vene recise e ormai vuote.

Scese dal letto, s'appoggiò per non cadere. Le tempie gli stavano chiuse in una morsa dentata.

Girò attorno al letto e delicatamente riunì la testa al tronco, corse per gli asciugamani e nettò le guance, l'orecchio sinistro, chiuse la spugna attorno al collo. Con un lembo del lenzuolo mascherò un poco la larghissima macchia di sangue che aveva invaso metà del letto. Si chinò a baciarla in fronte, una, due volte. Dai denti in stridore uscivano parole impossibili a frenare.

«Bella,» sillabava tremando forte: «Bella. Uccisa.»

Sfilò maglia e mutande lorde di sangue, si trascinò, nudo, nel bagno per lavarsi. Un gemito lo scuoteva, e una forza che gli palpitava nei nervi come una scarica di scintille.

Si vestì in bagno, strizzando disperato le palpebre per evitare di scoprirsi negli specchi, e di nuovo fu nella stanza a guardarla. Viso e braccio scoperti erano di infinito candore, ma dovunque il letto appariva ormai come sanguinosa pozzanghera.

Uscì in punta di piedi, giunto alla fine del corridoio bussò leggermente alla porta della madre. La sapeva sveglia in quelle prime ore del mattino.

«Devo uscire,» le sussurrò: «Lascia dormire Sabina fino a tardi. Avverti Amalia.»

«Sì,» rispose la voce della madre: «Ti hanno chiamato? Una disgrazia?»

«Sì, ma non è grave,» volle rassicurarla.

Uscì, in giardino spalancò la bocca al vento fresco del mattino. Era ancora buio, solo lungo l'orlo dei monti correva una lista sottile, di un verde acquoso.

Attraversò il paese, la mano nella tasca che impugnava il revolver.

Il negozio di Elena Carbone era al fondo della strada, vicino alla cappella. Si rifugiò oltre la costruzione, sedette all'inizio del sentiero tra i castagni, fumando ancora.

Già s'era svuotato del male, il tremito era calato nei suoi muscoli lasciando posto a una certezza di mosse straordinaria. Non pensava a niente, guardava l'orologio, e un'ora aspettò, seguendo le lancette sul quadrante, e poi un'altra mezza. Si tirò in piedi solo quando i tocchi di una campana nella valle dettarono le cinque.

Il cielo era più verde e la strada di Montrone si infossava cupa nella penombra mattutina. I battenti del negozietto erano accostati, Elena Carbone stava ripulendo il locale.

Aprì, la donna alzò la faccia circondata dalla treccia ancora sfatta.

«Dottore,» disse stupita.

«Avete caffè?»

«È presto,» gli rispose, le due mani intorno alla scopa.

Poi sorrise: «Ma se apettate un minuto...»

Gli voltò le spalle e subito Castiglia cominciò a sparare. Lei s'imbambolò sotto i colpi, piegò a terra, ancora Castiglia attentamente premeva il grilletto, ma le cinque pallottole erano già state scaricate.

Uscì di corsa, imboccando il sentiero col revolver ancora in mano si precipitò verso la stazione. Altre campane suonavano nella valle. Rallentando il passo per riprendere fiato Castiglia vide Avellino, grigia e rosa nell'alba che montava.

Infilò il revolver nel taschino del panciotto. Subito gli

cadde addosso la stanchezza, un lunghissimo peso che gli schiacciò la nuca e le scapole.

Scese verso la stazione a passo ancora svelto ma calmo.

Bussò alla porta, la scalciò finché apparve un uomo grigio, la giacchetta buttata sulla maglia.

«Telegrafate ai carabinieri,» gli ordinò Castiglia: «Voglio costituirmi.»

Entrò e sedette su una panca, ma subito fu nuovamente all'aperto a spalancare la bocca rinsecchita sotto una fontanella.

«Ma che dite, che dite,» gli era corso dietro il vecchio incespicando.

«Telegrafate ai carabinieri. A Avellino, capite? Ho ammazzato due donne.»

Scostò la giacchetta perché l'altro potesse vedere il calcio del revolver.

Era ritornato a sedere. L'uomo ancora un minuto lo guardò istupidito, poi uscì di corsa, gesticolando.

Si lasciò andare sulla panca, chiuse gli occhi e rimase immobile finché il cuore riacquistò il suo battito normale. Il legno lo aiutava a riposare, duro ma benefico. Si sentì libero da ogni febbre, ormai.

E, per la prima volta, finalmente al di sopra di se stesso.

Parte terza

I

Appoggiato al manico dell'ombrello, don Alfonso Castiglia aspettava, ormai abbandonato in quell'attesa che giudicava folle ma alla quale per nessuna ragione al mondo avrebbe osato porre fine.

Ogni tanto, dalla scomoda seggiola del caffè, si voltava per un'ennesima occhiata alla carrozza. Il vetturino ricambiava lo sguardo e allora l'arciprete con una smorfia gli confermava l'intesa, quasi a suggerirgli: lì sta e non darti pensiero.

Poi, pigramente spostando la mira, don Alfonso posava l'attenzione sulle paste grasse e cremose, enormi, torreggianti dietro una vetrina di fornaio.

Erano morbide, con larghe volute che s'arricciolavano acutamente, con fianchi e torsi cosparsi di vaniglia. Appena velate da una reticella che avrebbe dovuto proteggerle dalle mosche, poggiavano in quadruplice fila, l'una all'altra strette.

Allora mentalmente l'arciprete ricontava il denaro annodato nel fazzoletto. La signora Maddalena glielo aveva ficcato in mano come non dandogli importanza, ma già alla stazione di Avellino, acquistando i biglietti, don Alfonso s'era sentito avvinto con un filo doppio a quella somma, di cui avrebbe dovuto rispondere fino all'ultimo spicciolo. Da quarantott'ore ogni spesa gli era costata un sussulto, come quel caffè che si freddava sul tavolo, inutilmente comandato, tempo prima, dall'avvocato Colantuoni, suo compagno d'avventura.

Tornò con l'occhio velato all'esplorazione della piazza,

greve di urla di venditori, traversata da donne che si trascinavano da un banco all'altro.

Gli odori acidi delle verdure a montagne, le zaffate del pesce si muovevano ondeggiando e dal suo angolo di caffè, all'ombra, don Alfonso si lasciava annullare nell'urlìo.

Lo sguardo miope, passato dal vetturino alle paste, alla piazza, finiva per riposarsi sul portone che aveva ingoiato, due ore prima almeno, l'avvocato Colantuoni.

Imbecille, pensò di lui l'arciprete. E poi: morto, mi vogliono vedere.

E gli parve d'aver speso una vita nell'inseguimento di Gioacchino Russo, a cui la signora Maddalena voleva fosse affidata la difesa del figlio.

All'imbecille fa comodo conoscere Russo, pensò ancora don Alfonso, e per questo mi fa trottare da due giorni come un asino. Ma a me, che ho un piede nella fossa, chi ci pensa?

Il rettangolo dei palazzi circondava un cielo di forte azzurro e dai vicoli continuamente si rovesciavano nella piazza altri carri, carretti, ancora donne, garzoni con cesti, in un coro di strida e richiami che stordivano il povero arciprete come se tutta Napoli gli trapanasse le tempie.

Era una giornata di sole e vento secchi, che inaridivano le labbra e stringevano il corpo sotto i panni in una pellicola di sudore già estivo. Pur fiaccato dall'attesa, don Alfonso non poteva respingere il disgusto al pensiero che da un minuto all'altro avrebbe dovuto alzarsi e ancora trottare, a piedi o in carrozza, il fazzoletto in mano e le ginocchia molli, da un'anticamera a un caffè, in caccia dell'inafferrabile Russo.

Ancora puntò ostinato verso il portone del palazzotto di pietra antica. Sul marciapiede vagavano ombre lebbrose di mendicanti, fannulloni, facchini di mercato, seggiolai, e tra tutte indovinò finalmente avanzare, nitida, la sagoma rotonda e agitata di Colantuoni. Gli faceva segni con le braccia, accennava una corsa.

«C'è, c'è,» s'affannò la vocetta dell'avvocato: «Ce l'abbiamo fatta. M'ha parlato, capite? Adesso bisogna solo stargli dietro, ma presto, presto...»

«Il caffè,» gli fece don Alfonso.

L'altro trangugiò in un sorso la bevanda freddata.

«La carrozza, dov'è la carrozza...»

Montarono aiutandosi a vicenda.

«Gira attorno al palazzo, dobbiamo seguire un'altra vettura, quella dell'avvocato Russo,» gridava Colantuoni.

«Ditemi niente: un'impresa,» si preoccupò il vetturino.

Ora Colantuoni guardava il compagno con l'occhio umido e accigliato del trionfatore.

«Cento persone c'erano. Ma mi sono fatto largo. Il nome Castiglia non gli è sconosciuto. Ora lo seguiamo in Assise. Forse potremo parlargli dopo, o forse a colazione, o per il caffè. Ma insomma, il primo approccio...,» raccontava, ancora affannato, il collo stretto e sudato nella sua povera camicia.

«Dio ci assista,» riuscì solo a sospirare don Alfonso.

Davanti al portone grande del palazzotto c'erano crocchi di uomini campagnoli e cittadini, con berretti e cappelli, in attesa.

«Ci conviene piazzarci al largo,» spiegò il vetturino: «Sennò ci insaccano come fagioli. Potevate dirmelo prima, però. Ci avrei pensato io...»

I postulanti, a gruppi di tre o quattro, parlavano sottovoce, tenendo d'occhio il portone. Don Alfonso cercava di studiare quelle facce, ma non capiva.

«È tutta gente che gli deve riconoscenza,» gli andava spiegando Colantuoni: «Gente che Russo ha difeso o che deve difendere. O parenti di persone sotto processo...»

«Sempre così. E tutti i giorni, ogni mattina che Dio manda in terra,» aggiunse il vetturino.

La mano affondata nella veste, le dita strette attorno al fazzoletto, don Alfonso guardava, disperava.

«Come faremo,» disse: «Come è possibile... Se mia cognata mi avesse dato retta... Al vescovo dovevamo rivolgerci. Lui sì che ci avrebbe raccomandato a questo Russo.»

«Sì, proprio lui,» lo derise Colantuoni, torcendo in una smorfia la sua faccia giovane, grassottella ma già patita, unta per le corse di quei due ultimi giorni: «Proprio il vescovo, avete detto bene. Ma non sapete che Russo è un liberale? Lui con i preti non commercia, non li tocca con un dito...»

Ora i postulanti parevano percorsi da un brivido d'agitazione, i crocchi s'erano sciolti, cappelli e berretti avevano lasciato nudi i crani. E subito il portone si riempì di una vettura, con un uomo dalla frusta sollevata che gridava per farsi largo.

«Precèdili, precèdili,» urlava Colantuoni: «Poi rallenti, così ci appaiamo.»

Avanzarono, Colantuoni con le ginocchia puntate sul sedile e lo sguardo fisso alla vettura di Russo che a stento riusciva a aprirsi un varco. Anche don Alfonso si voltò e vide una mano sporgersi, incerta scegliere tra altre mani levate a salutare.

«Eccoli,» s'afflosciò Colantuoni.

Le due carrozze s'appaiarono per un attimo.

«Siamo qui, avvocato Russo, veniamo. In Assise, in Assise,» gridò coraggiosamente Colantuoni scoprendosi.

E don Alfonso poté vedere il volto di Gioacchino Russo alzarsi un momento, sorridere al riparo dei folti baffi grigiastri. Dopo un cenno con la mano subito l'uomo si concentrò a ascoltare ciò che un suo segretario, o sostituto o allievo, gli andava leggendo in gran fretta, sfogliando pagina su pagina di un incartamento.

La carrozza affrettò, Colantuoni e l'arciprete rimasero nella sua scia.

«Dietro devi stargli,» ordinò l'avvocato al vetturino: «Ma proprio dietro.»

Poi tirò il fiato, si asciugò il sudore tra la carne e il colletto rammendato.

«Bell'uomo,» decise don Alfonso.

Colantuoni annuì faticosamente.

«Sì, bell'uomo, un avorio,» rispose infine: «Ma anche una gran fortuna, sapete. Avete visto come gli corrono addosso? Non è solo genio, è anche fortuna.»

«Ministro potrebbe essere,» si voltò a confidargli il vetturino: «Tutta Napoli sarebbe sua. Gli basterebbe alzare un dito. Ma un signore, eh?, perdio un signore: la gente gratis difende, se piace a lui. Mai l'avete sentito parlare? Un miele...»

«Anche fortuna,» insisteva Colantuoni torcendo la bocca: «Una fortuna di stelle e di famiglia, vi dico. Tutto gli è sempre stato facile...»

Don Alfonso si inumidiva le labbra seccate dal vento. Allungando ogni tanto il collo vedeva ancora la carrozza che li precedeva. Da una serie di vicoli erano arrivati in un gran viale, tortuoso e picchiato dal sole, con radi alberi dalle foglie primaverili già impolverate. La vettura di Russo aveva ravvivato il suo trotto e ora procedevano velocemente, ogni tanto un uomo si scappellava dai marciapiedi, la mano bianca di Russo usciva nell'aria a rispondere.

«E alle Assise?» domandò l'arciprete: «Eh? Che facciamo?»

Colantuoni si voltò con uno scatto, come offeso.

«Che facciamo? S'aspetta,» rispose: «Come! Io vi porto qui da Avellino, nel giro di due giorni vi butto tra le braccia di un principe del foro, e voi dubitate? S'aspetta lui. Ma lo sapete, vi rendete conto con chi abbiamo a che fare?»

«So, so,» tossì contrariato don Alfonso: «Ma se non gli interessa? Se non riuscissimo a parlargli? Voi mi capite: mia cognata, la signora Maddalena Castiglia, non ce lo perdonerà. Almeno a me. Voi... potrete sempre arrangiarvi, ma io sono parente. E lui è anche nipote mio. E poi: sapete voi che abbiamo già buttato via duecentoventi lire tra l'altro ieri e oggi? A correre per Napoli come cani rabbiosi?»

Colantuoni aveva subìto lo sfogo a muso duro.

Ancora gridò al vetturino, per aizzarlo a non perdere distanza, poi si voltò a rispondere.

«Voi Castiglia avete voluto Russo, la signora ha detto: o Russo o nessuno,» sillabò, via via impallidendo: «E adesso lesinate? È acqua passata, si capisce, ma se la difesa di Gaetano Castiglia l'aveste affidata a me, gratis ve la facevo. E bene, ripeto, bene. Solo che io sono un povero avvocato di Avellino, e non ho nome. E già. Non sono Russo io. Vedrete cosa vi potrà dire di diverso da me. Ve l'ho spiegata io l'autopsia della ragazza, o chi altro? Vi ho parlato io di vendetta d'onore e di vendetta trasversale, o chi altro? Ma voi dite: Russo. Voi comandate, pagate, e io sto, io qui sono. Perché avrei anche potuto...»

«Va bene, va bene,» s'oppose faticosamente don Alfonso: «Non spettava a me decidere. Mia cognata ha la sua volontà, e io ho solo il dovere di restar fedele alla famiglia.»

«E allora non rinfacciate le duecento lire,» s'arrabbiò freddamente Colantuoni.

I piccoli denti listati dalla nicotina sporgevano tra le labbra.

Idiota schifoso, avvocato di ladri di galline, pensò don Alfonso.

Ma: «Non rinfaccio,» rispose: «Non voglio soltanto tornare a mani vuote a Montrone.»

L'altro allargò le braccia.

«Pregate Iddio,» rispose: «Io farò di tutto, anche se non vi devo riconoscenza...»

«Ma quando riuscirete a parlare a questo Russo?»

«Ve l'ho detto. O in Assise, o al ristorante, o quando gli serviranno il caffè. Rendetevi conto... Noi dobbiamo stargli dietro come la sua ombra.»

«Va bene, va bene,» si rassegnò don Alfonso.

Erano al palazzo di giustizia e altra gente formicolava, altri uomini correvano incontro alla carrozza di Russo, ormai ferma. Rizzatisi in piedi, lo videro scendere.

Già massiccio, i panni grigi ben tesi sul ventre, i lunghi

capelli grigi che gli ricadevano a lievi ciocche scomposte sul colletto, Gioacchino Russo, strette molte mani, aspettava immobile che gli facessero largo. Sorrideva, non rispondeva alle domande. Accennava benevolmente col capo, e il pollice e l'indice facevano roteare in breve cerchio una catena d'oro, per metà estratta dal panciotto.

Ebbe spazio, affrontò allora la gradinata a passo leggero, le spalle erette. E dietro, piegato a leggere a voce alta nell'incartamento, il segretario o sostituto lo pedinava inciampando.

«È quella faccia da jettatore che mi fa paura,» disse Colantuoni: «Il suo giovane di studio. Con quel naso da arpia. Ha fatto di tutto per tenermi lontano da lui. Se non arriviamo a parlargli, la colpa sarà di quell'arpia.»

«Ma che gli direte? E adesso, che faremo?» tremava nuovamente don Alfonso.

«Io vado su, è naturale,» gli rispose l'altro: «E voi aspettate.»

«Qui? Ancora?» si spaventò l'arciprete.

«O qui o al caffè, là di fronte. O venite su con me, che debbo dirvi? Siamo in alto mare, bisogna nuotare, mica si è in sacrestia...»

«Va bene, vi aspetterò al caffè. Ma quanto andrà avanti?».

Colantuoni si strinse nelle spalle con aria di importanza.

«Due ore, tre ore, chissà. È l'Assise. Non sappiamo neppure che diavolo ci faccia Russo, là dentro, se ha un processo o cos'altro mai. Voi aspettate, io gli sto dietro.»

E corse via, sgambettando per i gradini.

L'arciprete cautamente smontò dalla vettura.

«Gioacchino Russo, lui, l'eccellenza,» gli disse il vetturino coi denari della corsa sul palmo: «Volete sapere dove mangia?»

«E perché?»

«E non avete bisogno di lui? Ho sentito,» rispose l'uomo sorridendo tra le rughe: «Se volete che vi sia utile, io ve lo posso dire. Tutti i giorni, sempre allo stesso posto. Ha un tavolo speciale.»

«Dite,» sospirò don Alfonso aggiungendo una moneta alle altre.

Poi, prudentemente, attraversò la strada, sedette al caffè.

Di fronte aveva la scalinata gessosa del palazzo di giustizia, ogni tanto percorsa da un'ombra nera in veloce arrampicata o discesa. Altre ombre stavano accucciate più lontane, donne con fagotti, ragazzi vestiti di nero con le scarpe polverose.

Il cielo sbiancava nell'ardore del vento. Campane suonavano.

L'arciprete ordinò una menta, allungò le gambe a aspettare.

«Dopo il caffè. Non facciamoci vedere agitati,» sussurrò ancora Colantuoni: «E non guardatelo in quel modo. Potrebbe offendersi.»

Don Alfonso girò di nuovo lo sguardo oltre i vetri del ristorante. Fuori era un'acqua sporca di mare, che tremava attorno alle palafitte portando avanti una schiuma illividita, turaccioli.

«E un biglietto, un biglietto proprio no?,» volle ancora suggerire.

«Già gliene ho fatto arrivare uno in Assise. Il biglietto di Maddalena Castiglia, ve l'ho detto. Adesso: non esageriamo,» sbuffò Colantuoni.

Avevano mangiato a un tavolo nell'angolo opposto a Russo. Oltre uno schermo di palme e vasi di pesci il grande avvocato ancora sedeva, solo. Stagnava un'aria calda tra i vetri, rotta ogni tanto da uno sbuffo marino che muoveva il verde secco delle palme con rumore di gusci sbattuti.

«Ora dovete andare,» perse la pazienza don Alfonso: «E che è? Il re? È solo, muovetevi. Se perdiamo questa occasione...»

Colantuoni non replicò e l'arciprete intuì il poveraccio bloccato da un improvviso attacco di timidezza.

«Avanti, avanti,» volle approfittarne: «Alzatevi. Ormai vi siete fatto conoscere. Avanti.»

Colantuoni, verde in volto, annuiva. Si tastava la cravatta, si lisciava i capelli.

«Avvocato,» aggiunse ancora l'arciprete bruscamente: «Ora mi alzo io. Ma è possibile. Da due giorni...»

«Oh, sì, va bene,» sospirò l'altro.

S'alzò faticosamente avviandosi verso il fogliame.

L'arciprete si sporse a guardare. Colantuoni se ne stava diritto davanti a Russo. E l'altro, seduto, a fronte china ascoltava la sussurrata perorazione. Poi Colantuoni sedette.

Improvvisamente emozionato, don Alfonso smise di spiare. S'obbligò a fissare oltre il vetro, l'acqua del mare e i turaccioli che ondulavano nervosamente su e giù.

Ormai non ne sarebbe uscito che un sì o un no. Ma l'impresa era stata portata avanti, e a lui, don Alfonso, non avrebbero più potuto dar colpa.

Sospirò di sollievo, ma subito provò anche la vergogna.

Quel poveraccio di Gaetano in carcere, pensò.

E sul nipote volle concentrarsi.

«Sto bene. Non dovete aver preoccupazioni. Non venitemi a trovare. Giuro d'essere in pace.»

Quel primo biglietto, rilasciato a un carabiniere e poi pervenuto a Montrone, don Alfonso lo ricordava a memoria. Due righe sole sul cartoncino, e solo un "G." come sigla.

«Imbecille,» aveva commentato la signora Maddalena: «Non vuole che ci preoccupiamo. Dice di essere in pace. Lui.»

E subito aveva deciso per Russo.

Calma, fredda, sbiancata come morta, ma con una furia che le seccava la parola tra i denti, don Alfonso ricordava. E ancora rabbrividiva, nella memoria, più per la sicurezza di lei, il suo comando in casa, che per l'atrocità di quel mattino. Russo, aveva deciso, e lui era stato spedito per obbedirle.

E al fianco gli aveva comandato Colantuoni, da tre giorni sbattuto su e giù da Avellino, per l'autopsia, le corse in carcere, i carabinieri, anche Colantuoni impaurito di fronte al gelo, alla sicurezza della signora Castiglia.

I contadini erano stati allontanati dai cancelli, i carabinieri avevano potuto fermarsi in casa appena un minuto.

E lui, don Alfonso, aveva dovuto tenerle testa due giorni. Nemmeno la scusa della messa gli era servita.

«Imbecille,» l'aveva sentita dire, attenta come sempre a un minuscolo, inutile ricamo: «Avete sentito dell'autopsia? Era stata con tutti. Una ragazza, ma che dico di strada... Con tutti. E solo lui poteva cascarci, si capisce. Una... Ora è anche provato. A frustate avrei dovuto prenderlo, come quando aveva sei anni. Solo la frusta con chi non sa crescere. Oh, ma adesso vedremo, vedremo...»

Don Alfonso ricordava quelle ore nella saletta, il silenzio che chiudeva la casa.

Ma nulla aveva potuto interrompere lo scorrere delle abitudini familiari. Pranzo e cena, i giornali, l'entrare e l'uscire di Amalia, che tremava come una foglia ma obbediva, muta come sempre, tutto era rimasto normalmente fuso secondo la tradizione, gli obblighi casalinghi. E anche lei, quando sollevava gli occhi dal ricamo e raggrinziva la fronte, anche lei, mormorando un "figlio mio", ancora una volta "imbecille", non si concedeva più che un sospiro. L'incertezza disperata degli altri non avrebbe certo potuto approfittarne.

«Non un giorno di prigione, capite?» l'aveva sentita dire: «Non uno. Subito il processo. E Russo ci vuole, lui. Sarà assolto.»

«Ma i Carbone... che diranno, che faranno,» aveva osato don Alfonso.

Di Sabina non si poteva parlare, ma della disgraziata Elena gli pareva...

La signora Castiglia s'era stretta nelle spalle.

«Gentaccia. Ruffiani. Mille testimoni contro avranno,» gli aveva risposto: «Io proprio qui sto: a vedere cosa oseranno pretendere, se avranno il coraggio di muovere un dito.»

«Dicono che arriverà lui. Il tenente,» aveva ancora tentato Alfonso.

«Non verrà. Volete giocare che non verrà?» aveva alzato fieramente gli occhi.

«Ma se lo citeranno come testimone...»

«Lo citino o no, non verrà. Sarà malato o che altro. Ma non metterà piede a Montrone. A quest'ora avrà già capito che non è aria per lui. Se ci tiene ai gradi. Ma poi... che importa? L'autopsia dice che lei ha avuto rapporto costante con uomini. Che ci importa più di Carbone?»

Don Alfonso era rimasto zitto.

«Russo,» aveva ancora aggiunto la signora Castiglia: «Solo lui è l'uomo. E a Avellino piegheranno la schiena tutti. Andrete da Russo. Domani, voi e Colantuoni.»

Gioacchino Russo avanzava oltre le palme, con Colantuoni alle spalle. Don Alfonso si tirò in piedi. L'altro gli porgeva la mano sorridendo.

«Ha accettato, ha accettato,» sussurrò Colantuoni. Tremava tutto, si stropicciava le mani.

Russo sorrideva.

«Accettato proprio non direi. Ma è stato un gran fatto, una grande commozione. E umanamente mi interessa. Però: tutti gli impegni... Dovrei rivedere... Soprattutto venire a Montrone, conoscere...»

S'era seduto, palpeggiava delicatamente una sigaretta.

«Montrone,» disse ancora con quel suo sorriso: «I noccioli. Ho un ricordo d'infanzia, per una torta di cioccolato e nocciole di mia madre...»

Già Colantuoni s'era buttato a parlare, illustrando il paese, la casa dei Castiglia, ancora l'importanza del fatto, che tutti i giornali avevano affrontato con impeto mai visto.

«Si parla persino di un nuovo quotidiano, a Avellino. Dovrebbe uscire quando inizierà il processo...»

Gioacchino Russo ancora lisciava la sigaretta, con l'unghia spolverando il biondo tabacco che fuoriusciva. Annuì benevolmente distratto.

«Certo, certo,» diceva a bassavoce.

Don Alfonso si sentì chiuse in gola mille parole da dire. E

Col. tries to woo Russo to the case in Montrone

subito lo assalì vergogna per le stanchezze subite in quei giorni, per i dubbi, per l'inimicizia portata al povero Colantuoni. Rivide il nipote, più forte provò disprezzo per se stesso. Signoriddio, pensò con la mente accalorata, perdona tu il mio egoismo.

«Ma, caro collega,» interrompeva piano Russo per moderare Colantuoni. Che subito, avvampando, frenava l'entusiasmo del dire, tirava il fiato e riaccendeva il discorso con altre notizie sui Castiglia, le loro proprietà, l'emozione dell'intera Avellino.

«Dalle montagne scenderanno a bivaccare sotto il palazzo di giustizia...»

«Sì,» concedeva Russo pensieroso: «Non solo Avellino. Anche a Napoli il fatto ha suscitato grandissima commozione. Queste sono proprio le cose che svelano la nostra Napoli più materna.»

Fumava, assorto tra le ampie volute azzurre.

«E poi,» spese Colantuoni la sua ultima briciola d'azzardo: «È la vostra materia.»

Gioacchino Russo sollevò gli occhi, alzò le mani come per difendersi. Le guance d'avorio gli si ruppero in minuscole, imprevedibili rughe.

«Già. Il filantropo che diventa assassino, l'innamorato che uccide il suo amore, un uomo di cultura, di sentimento che diventa efferato. La si chiama materia, questa? No, non è materia, amico mio. È il mistero. Per questo tutti si emozionano, dai monti Irpini a Napoli. Neanche la medicina legale riesce a sciogliere queste ombre. Tuttalpiù parla di delinquenza, del delinquente "cieco morale", il delinquente come lo descrive il nostro Silvio Venturi, grandissimo maestro. Ma no. Per i delitti d'onore si deve dire che santità e ingiustizia, giustizia e orrore si mischiano in un unico mistero. È che nell'animo umano non si scandaglia. E chi muore o uccide per amore non è solo Otello, ma anche Amleto, ecco proprio anche Amleto...»

Si interruppe, quasi con tristezza schiacciò il mozzicone.
«La mia materia,» riprese con un sorriso desolato: «No, niente materia, è il fondo di noi.»
Tacque, a bocca aperta, come cercando una parola risolutiva. Puntò il dito, sporse le labbra.
«Perché nel fondo di noi può sempre levarsi un fantasma.»
Accese la sigaretta.
Colantuoni e don Alfonso lo miravano, silenziosi, con la stupefazione prona e insieme ansiosa di chi tutto vuole subire, tutto ormai s'aspetta.
«Oh, ecco Geppetto,» rise l'altro benignamente.
Sulla porta era apparso il segretario, il braccio piegato attorno a un fascio di carte. Si avvicinò a passi cauti, come un uccello, con brevi inchini al gruppo.
«Geppetto,» l'accolse allegro Russo: «Qui si sta parlando del duplice omicidio di Montrone. Una maestosità. Che ne diresti se assumessi la difesa?»
L'omuncolo si agitava, irritato.
«Con tutto quello che abbiamo in pentola, eccellenza,» disse in fretta, asciugandosi la saliva ai bordi della bocca: «La settimana prossima abbiamo pure Roma...»
Don Alfonso guatava, Colantuoni faceva tesoro.
Russo piegò il capo, sorridendo alle ragioni del segretario. Alzò poi uno sguardo rassicurante all'arciprete, batté una mano sul polso di Colantuoni.
«Geppetto è un nemico della mia passione,» spiegò infine ridendo mentre il segretario, zittito, scivolava su una sedia: «Non mi lascia fare quello che mi dà bene. Pretende che mi accontenti, o che mi dia alla politica. Vuole Roma, lui. Oh, Geppetto, sei una balia. Magari mezzo indemoniata, ma sempre balia.»
Colantuoni rideva, don Alfonso sentiva aprirsi una grande speranza.
«E va bene. Deciderò dopo una visita a Montrone. Domenica,» decise rapido Russo.

Chiuse la fronte in una grande ruga pensosa. Le mani ben poggiate sul tavolo, ora ignorava gli altri tre, seguendo chissà quale filo di pensieri.

«Mia cognata...,» credette di dover avanzare don Alfonso: «La forza della signora Castiglia. Voi vedrete, la conoscerete, merita il vostro aiuto...»

Ma Gioacchino Russo, il volto nuovamente disteso, sorridente sotto i grandi baffi, si stava già alzando.

«Un momento,» s'agitò Colantuoni.

Accennò a un cameriere che ronzava attorno. E protestò, insitette, pasticciò, finché quattro cognac brillarono allineati sul tavolo.

«Domenica,» disse ancora Russo senza guardare in faccia nessuno: «Potremo essere a Montrone alle dieci. Con un'automobile. Vero Geppetto? Intesi.»

Rimase un attimo silenzioso, attento a sfiorare con la punta del dito il bordo del bicchiere, poi s'avviò decisamente alla porta.

«Allora: amici,» sorrise tendendo la mano a don Alfonso.

«A domenica. Che Dio vi benedica,» chinò la fronte l'arciprete.

Gioacchino sollevò la palma liberata, sporse le labbra sotto i baffi.

«Se lo volete voi,» fu lesto a ribattere.

Lo videro allontanarsi col segretario che gli si agitava prima a sinistra e poi a destra, parlando fitto e inascoltato. Due popolani si scappellarono lasciandogli il passo.

«Che uomo,» riuscì solamente a dire Colantuoni.

«Sì,» rispose don Alfonso: «Però i suoi cinquanta li dimostra tutti, visto da vicino.»

Colantuoni lo compassionò con una risatina.

«Cinquanta, e va bene. Vorrei averli io come lui: non c'è donna che non gli alzerebbe le sottane.»

Don Alfonso subì in silenzio. Tornarono a sedere.

«Nelle sue braccia,» sospirava ancora Colantuoni, estasiato: «Nelle sue braccia vi ho portato...»

L'arciprete riuscì a inghiottire l'emozione.

«Sarà un grandissimo processo. Lo vinceremo come ballando un tango,» si esaltava Colantuoni a occhi socchiusi: «E io con lui, nel collegio di difesa. Le facce di Avellino che mi voglio godere...»

«Pure voi? Ma l'arringa la farà lui, vero?» si preoccupò don Alfonso.

«Certo,» rise Colantuoni, abbandonato sulla sedia: «Ma il lavoro di difesa risulterà fatto insieme. A doppia firma, capite? Che giornata! E io che mi sono sprecato per dieci anni a Avellino...»

«Dovrà andar bene, dovrà andar bene, mio Dio,» pensava commosso l'arciprete, a fior di labbra.

«Un tango vi dico. Sono disposto a giocarmi il nome per due soldi,» rise Colantuoni: «A Avellino non avranno mai visto una cosa simile. Una... un inno, un altare per la giustizia! Ah, questi sono gli uomini che ci vogliono. Uno su mille così, ne basterebbe, in Italia!»

Don Alfonso si liberava in grandi respiri, come al termine di una disumana fatica. Poi allungò una mano verso il cognac di Gioacchino Russo, rimasto intatto.

They think they've won right away. Like dancing a tango

II

Dal terrazzo di casa Castiglia vedevano l'automobile, ferma oltre il giardino, col nero muso rettangolare puntato sul paese. Da una portiera aperta spuntavano i gambali dell'autista, sdraiato nel sonno.

All'imbocco della strada stavano immobili, in fila, i contadini nei panni della domenica, mirando la casa.

«Questo verde,» aveva respirato profondamente Russo: «A Napoli ce lo sognamo.»

Con uno sguardo abbracciò la valle e subito tutti si voltarono verso la corona dei monti, le variazioni delle foglie, dai castagni ai noccioli, che perdevano compattezza per lasciar libera, pozza chiara al centro della pianura, Avellino.

«È questo silenzio che impressiona,» proseguiva Russo muovendosi lungo il parapetto del terrazzo, qua e là sormontato da grossi vasi di pietra scolpita: «È un silenzio tragico, no? Si capisce che i sentimenti qui si esaltano, le coscienze si affuocano. Nelle città tutto sfugge, gli uomini per la fretta perdono la loro carica più vera. Un fatto come quello di Gaetano Castiglia è esemplare: in città non sarebbe accaduto, perché la vita cittadina corrompe, ridicolizza. In città tutto diventa boccaccesco, non avete riflettuto? Boccaccio stesso, essendo cittadino, non riuscì a fare tragedia. Ma qui, invece, nell'assoluto, dove ognuno è se stesso, qui la coscienza esplode...»

«Certamente. Lei vuol dire...» avanzò Colantuoni.

Don Alfonso e il segretario seguivano a un passo più in là, strizzando le palpebre nel sole del pomeriggio.

«Oserei, oserò dire,» si profilò nettamente Russo: «Che questo fatto ha origine da un'autentica salute morale, non da cedimenti, non da compromessi. Noi dovremo batterci su una doppia trincea: vizio parziale o totale di mente per la vendetta trasversale su Carbone Elena, motivi gravi d'offesa all'onore, i più gravi. Ma, e questa è la nostra seconda trincea, non dovremo neppure allontanarci, per rispetto a noi stessi, da quelle che sono le nostre più intime convinzioni: cioè che questo è un delitto, sì, ma nato per una forza sana della natura, terribile come un'esplosione vulcanica, ma tradizionale, insopprimibile, a suo modo santa...»

«Un fatto greco, un fatto greco,» scoppiò la vocetta stridula di Colantuoni.

«Greco come civiltà. La vendetta in Eschilo era un grande atto di civiltà,» s'impettì pensieroso Russo: «Ma qui c'è di più. C'è il sangue nostro latino, c'è il potere dell'uomo offeso, c'è il sentimento di giustizia insopprimibile. Sa Dio se io non coltivo amore particolare per D'Annunzio, pur rispettandone l'indubbio genio, ma...»

«Una grande pagina letteraria, certo,» insinuò Colantuoni.

Russo cancellò nell'aria con un molle gesto della mano. Guardò sorridendo appena don Alfonso, il segretario, Colantuoni, che gli si tenevano ammucchiati davanti.

«Voi pensate che stiamo divagando,» fece puntando il dito sulla tonaca dell'arciprete.

Don Alfonso si strinse nelle spalle, arrossendo.

«State tranquillo,» sorrise ancora Russo: «Il miglior modo di prepararci consiste nel lasciar lavorare il cervello.»

«Certo, la parte civile...,» tentò Colantuoni.

Russo alzò la mano a bloccare ogni insinuazione o vana paura.

«So cosa diranno,» rispose quasi annoiato: «Potrei anticiparvene ogni parola. Ma non ci verrà danno. Lo escludo. Diranno che Gaetano Castiglia è un *taré*, figlio di padre semialcolizzato, lui stesso esaltato, malinconico, solitario, inetto.

Conosco i miei polli: giocheranno le carte positivistiche. Ma sarà facile gioco ribattere: ecco un *taré* che non s'è mai svelato come tale prima, che è stato un santo per quarant'anni, e devoto, e buon figliolo, e uomo di studi. L'amore l'ha travolto, una passione alimentata da purissime fiamme. Perché lui, non voleva solo amarla, ma elevarla, farne una signora. Ciò che ci ha rivelato poco fa la signora Castiglia è di un'importanza enorme: quest'uomo in un anno di fidanzamento ha buttato quarantamila lire per l'educazione della ragazza, quella Sabina! Il prezzo di due, forse tre ville! Questa è notizia che svela il fondo del suo animo e inchioderà i giurati a un'opinione precisa, assolutamente favorevole. E, Colantuoni, lei sa che nessun arido paragrafo del diritto è leva migliore di un sano sentimento, nessuna legge ce la fa contro il buonsenso...»

I tre lo seguivano, approvando in silenzio, bevendo ogni parola.

Compiuto il giro del terrazzo, ancora Russo muoveva lo sguardo per la campagna attonita sotto il sole.

«La signora Castiglia» riprese: «Che ospite straordinaria! Nei salotti di Napoli avrebbero molto da imparare. Persino la torta di cioccolato e nocciole; il mio ricordo d'infanzia...»

Allungò una mano per posarla sul braccio di don Alfonso, l'attrasse, s'incamminò con l'arciprete al fianco per un altro giro lungo il parapetto.

«Sì,» gli diceva: «Non delle creature travolte dal destino, ma personalità eccezionali per l'esempio di vita austera, di severità che hanno dato. E queste sono doti che i nostri tempi, vivaddio!, ancora rispettano.»

Sporse le mani.

«E le lettere, quelle lettere! Le cose che Gaetano ha scritto a Sabina! E lei a lui! Fortunatamente sono in nostra mano: è materiale prezioso. Piangere dovranno, in Assise! Rivelano stati d'animo incandescenti, con lei chiaramente abbandonata, che lo invoca nel letto, senza pudore, e lui che invece le spiega, in ogni foglio, come la rispetta, che non la toccherà fino al giorno delle nozze. È scritto, è provato, ribattuto...»

Riprese a muoversi, si piazzò infine a mirare i contadini che facevano gruppo all'inizio del paese.

«Questo interesse di popolo è commovente,» disse piegandosi verso Colantuoni: «Caro collega, non dimentichiamolo mai. È il popolo il nostro vero giudice e sostegno. È lui che decide, prima dei giurati, prima del presidente del tribunale. È il popolo che scrive l'accusa del pubblico ministero e ispira la difesa. Un uomo di legge è reso secco come un osso dall'abitudine a giudicare. Il popolo nostro lo travolge, quando è certo del suo buon giudizio...»

Colantuoni buttava giù saliva, eccitato.

La passeggiata ricominciò. Un angolo d'ombra tagliava appena le pietre calcinate del terrazzo. Su un tavolinetto di ferro erano le tazzine vuote del caffè, bocce d'acqua, bicchieri con fondi di menta.

Don Alfonso tossì prima di tirar fuori quello che si teneva in corpo da più ore.

«Eccellenza,» uscì infine stridendo: «Una cosa, a tavola, mia cognata non vi ha detto.»

Russo si fermò a guardarlo, invitandolo a continuare con brevi cenni del capo.

«Eh,» riprese don Alfonso, a ogni parola ricercando coraggio per spiccicare la seguente: «Non ve l'ha detto. Certo se l'è scordato o non gli ha dato importanza. È che ci sono stati i fascisti, qui, ieri. Che volete: sono venuti, hanno chiesto udienza. Sapete, hanno sempre avuto un debole per mio nipote. Non che lui s'interessasse, capite?, ma loro lo hanno corteggiato molto. Per le elezioni a sindaco o altro, non so. Ebbene, hanno portato il loro appoggio. Hanno detto che sui giornali, e persino con certi manifesti, avrebbero riconosciuto mio nipote come un difensore dell'onore, delle tradizioni nostre, insomma queste cose che voi avete così bene detto prima...»

«Ah, così,» si mordeva il labbro Russo, pensieroso.

Poi corrugò la fronte, ristette immobile, due dita infilate nei taschini del panciotto fiorito. Si strinse infine nelle spalle scuotendo le candide ciocche dalle tempie.

«E facciano, facciano,» rispose.

«Eccellenza,» si sporse in avanti il segretario: «Ma coi fascisti... Noi, che sempre siamo stati liberali... Gli avversari chissà che altre malignità ci diranno.» Russo lo guardò sorridendo, di nuovo rasserenato.

«No, alleanze no,» rispose: «Se ci appoggiano, ne prendiamo il meglio che viene. Io non ho simpatie fasciste, per l'amor di Dio!, l'ho dimostrato con sacrifici sonanti. Ponti d'oro me ne hanno offerti più volte, eh, Geppetto?»

Lasciò spegnere il sorriso prima di continuare.

Poi: «Ma se faranno, non potranno che favorirci. Questo ha da essere un pentolone con tutte le verdure. E poi, bisogna riconoscerlo: un'opinione fascista ormai s'è formata, ha piede. Io non me ne persuado, ma devo dire che i fascisti sono molto cambiati negli ultimi tempi. E questo Mussolini, volere o volare, è meno arruffapopoli di quel che sembra: forse è l'unica testa politica che funzioni in Italia, diciamolo schietto. Dovranno cambiare, ma anche noi dovremo. Per me, delle malignità non ho paura. E poi, in queste cose i fascisti non sono fessi. Vogliono fare buona impressione, dimostrare che rispettano i sentimenti nazionali, la legge, la tradizione. Lasciamoli fare, non diamoci pensiero. Parlino pure. La signora Castiglia li ha aiutati..., sensibilmente?»

«Duemila lire,» rispose sottovoce don Alfonso: «Le spese di stampa, sapete. Ma non vorrei...»

Russo annuiva gravemente.

«Forse non saranno buttate. Insomma, danno non ce ne verrà,» concluse.

«Una gran croce,» sospirava don Alfonso, spaurito, come nascondesse chissà quali impacci di pensiero.

«Ognuno porterà la sua pietra,» lo consolò con ilare piglio Russo.

Gli altri acconsentivano intorno.

«Ho sete,» mutò voce Russo.

Si avviarono per rientrare in salotto.

Più tardi, dopo un ultimo colloquio con la signora Castiglia, i quattro si ritrovarono in giardino.

Era già sera, lunghe strisce violacee dividevano il cielo, nell'aria rinfrescata correvano strida d'uccelli.

La signora Castiglia, dalla sua poltrona in terrazzo guardava la vecchia Caterina, la domestica Amalia, il contadino di casa nei loro panni buoni, comandati in attesa presso il cancello per il baciamano all'avvocato.

Don Alfonso accompagnò gli ospiti fino all'automobile.

«Voi certo vorrete tornare alle vostre preghiere,» gli disse Gioacchino Russo: «Devo confessarlo: non amo i preti, sentite come vi parlo schiettamente?, ma con un sacerdote, e per me questa parola dice tutto, con un sacerdote come voi è piacere e onore discorrere.»

Sorrideva, teneva tra le sue la mano smagrita del vecchio.

Don Alfonso sbatté le palpebre.

«È la nostra punizione non essere mai amati abbastanza,» s'obbligò a rispondere: «Io vorrei dirvi...»

Ma come poteva? Cercò disperatamente le parole, scosse la testa, neppure tentando di liberare la mano, ancora tra le palme fresche e sane di Russo.

«Dite, dite,» incoraggiò questi.

«Eh, per quella ragazza,» esalò finalmente il prete, stremato: «Non era cattiva. Una contadina, sapete...»

Russo sorrideva.

«Ma si capisce,» rispose ancora scuotendogli le dita ossute: «Con la furbizia di certe maschiette d'oggi non si sarebbe certo messa nell'impiccio. Avete paura che nascano brutti discorsi? Lasciateci fare, la legge l'hanno inventata apposta...»

Don Alfonso aveva già rinunciato. Ritirata la mano, se ne

rimase lì, allocchito, a vederli scendere pacificamente verso il paese.

L'automobile li seguì, lenta, sobbalzando sulle pietre.

«È un'idea che è nata alla signora Castiglia e a me,» spiegava Gioacchino Russo al segretario e a Colantuoni che gli trottavano ai fianchi: «Davvero questa donna s'è sprecata a vivere in un paese simile, isolata dal mondo. È una tempra magnifica, una vera romana antica, della famiglia dei Gracchi...»

Scendevano per la strada, gli uomini lungo il muro e dalle porte si scoprivano per riverirli. Una donna grigia alla finestra congiunse le mani come lo sguardo di Russo la colpì.

«Cattivo odore,» spiegava confuso Colantuoni: «Sapete, cafoni: uomini e bestie nella stessa stanza.»

«Sì, ma gente aspra, vera, nobile. Con un rispetto umano che nelle città s'è perduto per sempre,» rispose Russo.

«Siete voi,» gli sussurrò Colantuoni: «Qui giornali non ne vedono, ma voi siete conosciuto come una leggenda...»

«L'osteria,» disse l'altro, fermandosi.

Davanti alla porta del locale erano uomini anziani e giovani, fermi in gruppo. Si spostarono silenziosamente, scoprendosi.

E un altro silenzio accolse Gioacchino Russo e la sua scorta nel locale, una sorta di cucina bassa e lunga, grave di odori. Un cumulo di damigiane sfondate chiudeva un angolo lontano. Nella penombra, le carte da gioco sui tavoli erano appena visibili.

Sedettero vicino alla porta, Gioacchino Russo sogguardando vivacemente all'intorno, Colantuoni mortificato, invano tossendo, il segretario immusonito.

«Com'è,» domandò Russo sottovoce.

«Una donna come mille altre, contadina. L'altra zia ancora sta a Atripalda. Ha lasciato la casa, però. Ho cercato di raccogliere qualche voce,» e qui Colantuoni ancora tossì: «Ma niente di speciale. Se è ruffiana o no, purtroppo resta da provare. Non c'è prova né di bene né di male. Che volete: Sabina Cétara e le sue zie. Cafoni, non persone.»

Russo lo ascoltava guardandolo da un angolo all'altro. Il fumo del cattivo tabacco stagnava come una nebbia a mezz'aria. Le carte ai tavoli venivano ora giocate in un silenzio disumano. Ogni tanto una fulminea occhiata, di vecchio o di giovane, che Russo sosteneva fino al definitivo ritirarsi dello sguardo altrui.

Un'anziana donna uscì da dietro una tenda, vedendoli gli venne incontro a mani giunte. Stretta nei cupi panni del lutto, restò lì, la dura faccia immobile, aspettando.

«Cétara, la zia di Sabina,» disse Russo.

«Eccellenza, per servirvi,» rispose.

La voce, da quei tratti aspri, era uscita già umile, spaventata.

«Mi conosci?» domandò ancora Russo.

La donna si coprì il volto con le mani, fino agli occhi.

«Come potrei non conoscervi. Siete una potenza,» rispose.

E subito, come se altri spaventi la cogliessero: «Se v'accontentate, possiamo parlare di là,» aggiunse, accennando alla tenda.

Russo negò. La fronte aggrottata, il labbro tra i denti, fece appena un cenno al segretario, che subito afferrò una seggiola e invitò la donna a sedersi.

«Ma che volete,» si lamentò lei appoggiandosi appena all'orlo.

Ancora si premeva le dita sulla bocca.

Russo si piegò sul tavolo, la sigaretta tra le dita, lo sguardo che puntava lei e poi, rapido, in un batter di ciglio scivolava sugli uomini in silenzio, le carte in mano.

«Non hai uomini in famiglia? Nessuno che parli per te?» le domandò.

L'altra prese a negare col capo, tremando.

«Non aver paura,» continuava ora Russo, quasi sorridendo: «Nessuno vuol portarti danno.»

«I carabinieri sono già venuti. Tre volte. E due volte ho

dovuto pure andare a Avellino, Madonna mia,» tremava lei.

«Noi non c'entriamo con i carabinieri,» fece il segretario.

Ma Russo lo zittì con la mano.

«Tu non devi aver paura,» riprese dolcemente: «Tu sei solo la zia della donna uccisa, di Sabina. Non c'entri.»

La donna annuiva. Le labbra serrate avevano inciso rughe attorno alla bocca.

«Tu hai questo locale. E non è poco in un paese come questo. Tiri avanti, sei tranquilla. La disgrazia ti ha voluto toccare, ma oggi puoi ancora stare in pace,» diceva Russo sottovoce.

«Povera figlia. Una morte dannata,» sospirò la donna.

Russo assentiva, respirò una boccata dalla sigaretta, ancora misurando l'osteria, gli uomini, il pavimento di umida terra battuta.

«Qualcuno è venuto a cercarti? Un avvocato? Un uomo di legge? Insomma qualcuno?» domandò poi.

«Nessuno, eccellenza,» rispose la donna spalancando gli occhi.

«Sei sicura?» riattaccò subito Russo puntando leggermente il dito sul tavolo: «Tu mi sembri una brava donna. Nessuno di noi ha cattive intenzioni. E la signora Castiglia la conosci. Una signora di parola che può fare e disfare. Tua nipote: ha ingannato un uomo d'onore, questo l'hai capito.»

La donna ascoltava a fronte china. Le mani, cadutele in grembo, stavano intrecciate in preghiera.

«La disgrazia, la disgrazia,» rispose soltanto.

«E va bene,» ricominciò Russo: «Disgrazia è stata. Ma ora non devi metterti tu nei pasticci. Se è venuto qualcuno, o se verrà, non dovrai cadere in trappola.»

«Trappola,» ripeté la donna torcendo le labbra: «Che trappola. Io il dottor Castiglia non posso che riverirlo. A Avellino, quando mi hanno chiamato i carabinieri, un bricco di caffè fresco gli ho portato.»

Scosse il capo.

«Che ne sapevo io, se mi permettete?» proseguì: «Che potevo fare? Mia nipote: chi la conosceva? Anche me ha ingannato, che l'ho tenuta qui per anni, come una figlia. Stregata doveva essere. Il sangue di sua madre doveva averci in corpo, non quello dei Cétara, che non hanno mai fatto un torto. Un bricco di caffè gli ho portato, i carabinieri l'hanno pure scritto. Io al dottor Castiglia, ieri e oggi: non posso che inchinarmi.»

Aveva parlato a capo basso, ma senza emozione, come lasciando filar via un pensiero finalmente liberato.

«E così si vede una creatura, così devi essere,» la compiacque Russo: «E di': la madre di Sabina...»

Le lasciò cogliere la parola al volo.

Lei agitò le mani.

«Morì subito, ma un demonio doveva essere. Tre figli buttò prima di sposarsi. Io sentii mio fratello litigare con lei per quei tre figli...»

«Tre figli?»

«Non finiti, eccellenza. Andava a farsi stregare per non darli al mondo. Ragazza voleva restare. Finché mio fratello la prese. Subito morì. E anche lui.»

Gioacchino Russo rifletteva. Ma la donna non continuò. Le mani in grembo ancora si stringevano intrecciate.

«Allora,» riprese Russo: «Se qualcuno viene a parlarti...»

«Uno è venuto,» fece lei spegnendo la voce.

«Chi?»

«Uno, un avvocato. Quello che difenderà gli interessi dei Carbone. Voleva farmi domande, m'ha chiesto se volevo che la memoria di Sabina fosse difesa insieme a quella di Elena Carbone. Via, gli ho detto. Era giovane. Proprio non l'ho voluto sentire, eccellenza.»

Russo approvava con larghi cenni.

«Così deve essere,» le rispose: «Se tu ti fai rappresentare in tribunale, perdi il nome. Perdi nome e sostanza. Tu puoi pregare per Sabina Cétara morta ma niente più. I Carbone non devono spartire con te. Se ti metti in tribunale, ricordalo, perdi nome e sostanza. I Carbone lasciali al loro destino.»

«Loro sono stati la colpa di tutto. Quella Elena, quella...,» fece la donna cupamente: «Prima di morire ha detto che perdonava. Lei che vuol perdonare al dottor Castiglia: la bestemmia ha detto, fino all'ultimo. Un uomo avrebbe dovuto esserci in questa casa. È la disgrazia nostra: un uomo avrebbe lavato la nostra vergogna con quei Carbone...»

Russo la lasciava parlare. Abbandonato contro lo schienale guardava nuovamente l'osteria. Un vecchio, alzatosi, aveva dato fuoco a un lume e nel breve cerchio le ombre s'erano ingigantite.

La donna, finito lo sfogo, s'era come rannicchiata sulla seggiola, spenta.

«Allora hai capito: non devi farti rappresentare. Non devi entrare in tribunale,» le riassunse Russo, ancora piegandosi sul tavolo: «Questa si chiama "Parte Civile". E tu non devi lasciarti prendere. Denari e nome perderesti. Hai capito?»

«Ho capito. Una parola vostra, come devo dire?, è legge,» rispose la donna raccogliendosi il volto tra le mani: «Eccellenza, siate benedetto, voi mi fate onore. Che posso dire di più?»

Russo s'alzò. La donna gli aveva afferrato la mano, la baciò con forza più volte.

«Se mi onorate. Se volete bere qualcosa. Il vino lo dicono buono,» avanzò confondendosi.

«Grazie. Sì,» rispose Russo puntualmente.

In piedi, le spalle rivolte alla porta, coi due suoi uomini che gli si tenevano ai fianchi, aspettò che la donna ritornasse reggendo vassoio e bicchieri.

Bevve in un fiato, virilmente. E anche Colantuoni e il segretario dovettero scolare il bicchiere fino in fondo.

«Buono. Allora intesi. E addio,» fece Russo battendo leggermente le dita sulla spalla della donna.

Ancora lei si inchinò, non sapendo più che fare. Poi, rapida, gli afferrò la mano, premette forte le labbra sul dorso.

Uscirono nella sera. Il gruppo davanti al locale ancora si ruppe. Russo mosse in avanti, le dita infilate nel panciotto.

Ma un uomo si staccò dalla massa nera degli altri, fece due passi per mettersi all'altezza di Gioacchino Russo.

«Un signore non deve usare il coltello,» disse.

Russo s'inchiodò a guardarlo, dal cranio di peli neri agli occhi, alla giubba di panno domenicale.

«Ti chiami?» gli fece sorridendo.

L'altro dondolò la testa.

Poi: «Summonte Salvatore, eccellenza,» rispose scoprendo i denti.

«Contadino?»

«Eh. Contadino, ma pure muratore, se comandano,» provò a ridere Summonte, il berretto in mano.

«Perché hai detto quella cosa?» l'interrogò Gioacchino Russo sfilando le dita dal panciotto.

L'altro ondulò sui piedi.

«I signori non devono usare il coltello,» ripeté tendendo il collo.

«E perché? Hai un perché?»

«Possono viaggiare. Che scappino, se si trovano offesi,» cercò di spiegare Summonte, mezzo preoccupato mezzo sorridente.

Russo lo guardava negli occhi. L'altro distoglieva un attimo le pupille ma subito ritornava a sostenere l'occhiata.

«Dove hai fatto il soldato?» ancora domandò Russo.

L'uomo sciolse un poco le spalle in tensione.

«Al Nord. Casale, pure Alessandria e Cuneo,» rispose sorridendo largamente: «E pure la guerra. Isonzo, eccellenza.»

Attorno gli altri uomini ora borbottavano, ridendo contro Summonte. Finché gli furono alle spalle, lo inghiottirono nel gruppo.

«Summonte, di' quanti tedeschi hai sparato,» si udirono voci.

E altre: «Perdonate, eccellenza.»

Ma l'uomo si liberò, di nuovo fu di fronte a Gioacchino Russo, a sorridere, a aspettare.

«Sabina Cétara,» spiccicò Russo: «L'hai conosciuta?»

A Summonte si chiusero le labbra sui denti. Negò col capo, lentamente.

«Nessuno l'ha conosciuta?» si sollevò appena sulle punte dei piedi Russo guardandosi intorno.

Gli uomini lo guatavano in silenzio, i neri occhi immobili.

Ancora Russo li esplorò, il volto ben levato.

«Nessuno?» ripeté sollevato sulle punte.

Tutti guardavano, Summonte un'altra volta scosse lentamente il capo.

«Non come dite voi, eccellenza,» rispose infine: «Noi non sappiamo.»

Russo ricadde sui tacchi. Sorrise.

Poi, alzato il mento: «Bravi. Uomini d'onore siete. Bravi amici miei,» pronunciò.

E sollevò le mani, per assolvere, salutare, le sventolò un attimo, finché qualcuno, tra i più arditi, gliele afferrò, per subito stringerle e baciarle, e poi un altro, un terzo.

Allora il segretario e Colantuoni si spinsero avanti cercando spazio. E finalmente, tra le teste nude, Gioacchino Russo poté passare, il sorriso che rispondeva ai saluti, le dita infilate nel panciotto, a sinistra, e, a destra, che facevano ruotare la catenina d'oro.

Camminando nell'ombra raggiunsero l'automobile.

«Colantuoni al lavoro,» disse Russo stringendo ambedue le mani al collega emozionato: «Avete visto come si comincia? Ora abbiamo solo un avversario: la parte civile dei Carbone. E il pubblico ministero, ma quello, Dio l'aiuti!, proprio non vorrei essere nei suoi panni, con l'aria che tirerà in Assise! A dopodomani, a Avellino fatevi trovare con la lista dei possibili giurati.»

Gli scuoteva le mani fissandolo negli occhi umidi e stupefatti.

Russo was able to convince her not to sue

L'automobile partì, destando cani, infilò prudentemente la stradina polverosa.

«La gente,» diceva Russo sdraiato sui cuscini: «La gente straordinaria. L'adorazione che mi hanno portato. Se il processo lo faranno a porte chiuse mi sarà levata metà soddisfazione.»

Il segretario taceva rannicchiato nell'angolo.

«So di cosa muori,» lo derise Russo: «Hai paura per Colantuoni, credi che voglia farti fesso, soffiarti il seggiolino...»

Rise apertamente lisciandosi i baffi.

«Ma non vedi che imbecille di natura è?» volle consolarlo: «Stattene in pace.»

Il segretario sospirava, tra il sollievo e un non fugato sospetto.

«Le feste che avete avuto, eccellenza,» capì infine di dover dire: «A Amoruso, a Genunzi, proprio vorrei vedere se mai gli baciano le mani. Un santo siete apparso.»

L'automobile filava adagio tra i cespugli di castagni, sussultando sul fondo infame della strada. Oltre i vetri il cielo appariva cupo, con un bordo più limpido disegnato lungo i contorni dei monti.

«Genunzi, Amoruso, tutti,» s'era buttato il segretario, come travolto dalla commozione: «In pugno li avrete. Ah, pagherebbero per una causa così! La vincerete in carrozza...»

Tirò su la saliva.

E ancora: «Che occasione! E io non l'avevo capita, al momento! L'assoluzione di Castiglia, adesso la vedo. E vi baceranno le mani in tutta Italia!»

Russo tossì, stirò le gambe.

«Un padreterno, sarete...», seguitava l'altro.

«Geppetto,» lo mise allora a tacere Russo, come cantilenando: «Tu sei la mia cattiva coscienza.»

III

La camicia incollata alla pelle per il sudore, Colantuoni si sentiva perduto. Gioacchino Russo, dall'altra parte del tavolo, lo guardava severamente.

«La vostra paura è solo un impiccio,» aveva finito di dirgli, e Colantuoni umilmente scuoteva la testa, avvertendo il pericolo. Col fazzoletto cercava di asciugarsi il sudore tra la nuca e il colletto, maledicendosi in silenzio per i giudizi che aveva azzardato.

«Non volevo permettermelo,» tentava di rispondere soffocando: «Giuro che le mie intenzioni... Pensavo...»

L'ombra afosa del caffè era persino gradevole se appena si alzavano gli occhi a guardare la piazza oltre i vetri, calcinata dal sole già estivo. Gli alberi dalle chiome squadrate stavano duri come incudini. Al fondo, con il suo massiccio corpo di un bianco corroso, era il palazzo di giustizia di Avellino. Da laggiù, e fino al caffè, correva il riverbero del selciato deserto.

«Voi mi dovete capire. Tutte queste novità,» stentava ancora Colantuoni, fiaccato.

«Quali novità?» s'irritò freddamente Russo corrugando la bella fronte: «Perché la parte civile della Carbone ha fatto due dichiarazioni battagliere ai giornali? Perché avete detto che il nostro difeso può prendersi sei o otto anni? E non lo sapevate prima, eh? Le novità!»

E lo fulminava con gli occhi.

Colantuoni subiva, ogni tanto annuendo volonterosamente, come a implorare giustizia. Sul tavolo erano le bottigliette d'acqua, i bicchieri, tazzine sporche di caffè.

«Non più di due anni, e con la condizionale!» scandì ancora Russo: «E se ci va male, ripeto. E avrà pure la sua sacrosanta libertà provvisoria: quattromila lire, gli costerà, ma non gliela potranno negare. Volete scommettervi la camicia, signor coso?»

Colantuoni, a testa bassa, continuava a annuire, mordendosi la lingua tra i denti.

«Voi non dovete pensare, o fare il cacadubbi. Quello che dico io: quello dovete fare,» lo incalzava Russo con la sua voce tranquilla ma secca, senza remissione: «E niente più. Non fatevi problemi. Per i problemi ci sono io. Al procuratore generale, alla parte civile, ai giurati, al presidente, voi non dovete mettere testa. Per voi non esistono, sono come il Polo Nord, il sanscrito, m'intendete? Se volete imparare, ubbidite e inghiottite. Continuiamo con la lista.»

Colantuoni spiegò nuovamente il foglio.

«Montaguto Orlando,» lesse nel tirar del fiato.

«Avanti, ditemi tutto, debbo strapparvi le parole con la tenaglia?» lo assalì subito Russo battendo il pugno sul tavolo.

Colantuoni trangugiò.

«Eh,» fece: «Non conosco. È un professore. Non sta a Avellino, nessuno ha saputo dirmene niente. Ho domandato... giuro... ma niente...»

Ristette in silenzio, già pronto a chinarsi sotto un'altra sfuriata. Poi, incerto, riprese.

«Palumbo Nicola,» lesse.

Gioacchino Russo gli strappò il foglio di mano, lo scorse un attimo dall'alto al basso, lo ripiegò per rilanciarglielo con un ultimo soffio di impazienza repressa.

«Ma niente affatto,» disse: «Avete una settimana. Lo so che non è come bersi un vermut, ma non dovete occuparvi che di questo. Di questi possibili giurati io voglio sapere vita, morte, miracoli, accidenti. Tutto. Sennò come mi muovo per farli scegliere o escludere? Me li gioco al lotto? Io debbo sapere se al tale è scappata la moglie, se al talaltro hanno fottuto la figlia, se un tizio ha un fratello cornuto o gli è scappata una parente in America con... un *gigolò*, eccetera eccetera. Mi capite? Voglio sapere chi ha il pelo che gli brucia per qualche offesa, professori o ingegneri che siano. E in quali altri processi hanno funzionato come giurati, eventualmente.»

Ora fissava Colantuoni con occhi infiammati, il mento che sporgeva potente sotto l'arco dei baffi.

«È su questi probabili o potenziali offesi che dovrò impostare l'arringa. Devo sapere come mi conviene lisciarli, se nel pelo o in contropelo. Loro, mi servono, e il presidente del tribunale. Ma costui lo conosco, è tutto uno scodinzolamento, una lacrima per saccoccia. Il nostro è un lavoro scientifico, Colantuoni: inchiodatevelo nel cervello. Avete una settimana. Muoversi, correre. E tutto per iscritto. E niente pappardelle: due righe per nome, cose concrete. Basta segnare: sorella fottuta, figlia sedotta, giurato al processo tale, verdetto tale. Oppure un "niente", ma un "niente" che dovrete sapermi motivare a voce, perdio. Metodo, dunque, metodo.»

Aveva finito sillabando, il dito alzato.

Colantuoni nascose il foglio in tasca. Gli venne in mente che avrebbe potuto ancora difendersi, accusando il proprio entusiasmo, ma sentì più propizio il silenzio, che forse favoriva in Russo un diverso sgorgare di pensieri.

«Oh, eccolo là,» fece all'improvviso Russo puntando il braccio in direzione della piazza.

Nel sole don Alfonso Castiglia avanzava nuotando nella sua veste nera.

«Levatemelo di torno,» si mise le mani in testa Gioacchino Russo: «Su, Colantuoni, andate fuori e portatemelo via dagli occhi. Oggi proprio no: con la mania che gli è venuta, chi lo sopporta più! Come se fosse lui Gaetano Castiglia! E poi già me lo sogno come jettatore...»

Colantuoni era uscito, liberandosi della giacchetta e ora si tuffava nel sole per frenare don Alfonso.

Russo li vide scontrarsi, confabulare, avviarsi poi nel cono d'ombra di un marciapiede. Respirò di sollievo.

Un bicchier d'acqua in mano, si rilassò, raccogliendo i pensieri.

Dalle pietre lucide della piazza veniva un filo acuto d'odore, di sterco cavallino, e i muri stavano immoti sotto il cielo incandescente. La primavera era scoppiata con impeto leonino. Russo rimirò le persiane abbassate lungo tutta la piazza, si perse poi a guardare il greve palazzo di giustizia, la fila delle magre carrozze abbandonate nell'ombra, ognuna sotto un corto telo bianco ondulato, e il gelataio che dormiva, i piedi puntati sulla stanga del suo carretto colorato, la fronte nella mano.

Avrebbe fatto fresco, dentro i poderosi muri del palazzo di giustizia, durante l'ormai vicino processo.

Gioacchino Russo sentì che gli si tornivano in mente alcune frasi, sfilò allora un taccuino per appuntare due nomi — Schüle, Tanzi, psicologi, i cui testi gli avrebbero potuto fornire certe particolari espressioni.

Con pigrizia rincappucciò la penna. Schüle, Tanzi, volle ancora sforzarsi a ripescare, la psicologia e la passione, sicuramente. Rovistò mentalmente tra lo scaffale di libri nel suo studio a Napoli.

Si sentiva stanco, il caldo improvviso gli pesava nello stomaco come un eccesso di cibo. Aveva bevuto troppi caffè, troppa acqua. La notte era trascorsa in un'afa costante, la migliore stanza del migliore albergo la ricordava ancora come una prigione di sudore, d'aria incandescente. E il bel fresco serotino di Napoli solo tra due giorni se lo sarebbe rigoduto.

Respinse ogni pensiero. Già troppo avrebbe dovuto parlare, con il comitato degli studenti avellinesi che gli avevano inviato una petizione scritta e che verso sera lo avrebbero raggiunto in quel caffè.

Le spalle voltate alla piazza, rimirò la sala, i ghirigori dorati e fioriti che correvano lungo gli specchi, la spalla tenera, bionda, di una donna che in punta di piedi volava a versare una cornucopia di fiori e cioccolatini in un angolo dello specchio più grande.

Un omino nero spuntò oltre il legno del bar, si vide guardato e con gesto rapido sfilò di testa il berretto per nasconderlo sotto il suo grembiule di cameriere.

«Davvero bella l'idea di un giornale tutto di giovani,» diceva Russo: «A questa guerra qualche merito bisogna riconoscerglielo. Ha svegliato le teste, ha suscitato forze nuove...»

Camminavano nella prima ombra della sera, il viale dei platani era un denso brusio di voci, di passi. Dai pertugi dei negozi venivano le luci fioche di ciabattini e sarti, al lavoro occhieggianti il passeggio. Lente famiglie muovevano sui marciapiedi, dalla pozza profonda e oscura dei giardini pubblici salivano gli stridi di bambini in corsa.

Sei ragazzi stavano ai lati di Russo, misuravano i passi sul suo, ogni tanto avanzando una parola.

«Anche un circolo volevamo fondare,» disse uno: «Un circolo per tutti. Che discutano. Fascisti e no, purché si possa discutere. Qui non si fa che parlare, ma mai sul serio. Potremmo invitare personalità a tener conferenze. Da Napoli, magari da Roma, personalità eloquenti come lei, avvocato...»

Russo sorrideva, accennava, guardava avanti. Ogni tanto con un'occhiata a sinistra o a destra li abbracciava, tre a tre, e subito tornava a perdere lo sguardo nelle chiome dei platani.

Soldati muovevano a stormi dall'uno all'altro marciapiede, uscivano e entravano da piccole osterie.

«Certo, in questa città di De Sanctis,» rispondeva Russo nelle pause d'attesa: «Ma quanti soldati! Questo quartiere sembra una guarnigione...»

«Dal circolo al giornale. Ci è parsa un'attività più vera,» incalzò un altro giovane febbrilmente: «Un giornalino... ma libero, che sappia ospitare liberali e fascisti. Una libera tribuna, proprio...»

Gioacchino Russo avanzava annuendo silenzioso.

Oltre le chiome dei platani il cielo era come una cupa pelle distesa, morbida, orlata ai confini dal profilo dei monti. Le onde delle voci, dai caffè e dai giardini, dagli angoli delle strade dove le donne sostavano in gruppi, salivano in discorde stormire.

Girarono, al fondo del viale, per riavviarsi al centro.

«Ci sediamo?,» propose Russo, raggiunto il primo caffè.

Furono attorno a un tavolo, una corona d'occhi giovani puntati a guardarlo, Russo offrì sigarette, comandò vermut.

«I fondi. Noi avremmo pure una tipografia che ci farebbe prezzi speciali,» aveva subito ripreso uno dei sei: «Ma mezzi non ne abbiamo proprio. Qualcuno vorrebbe proporre una sottoscrizione, ma non sarebbe serio, forse. Il giornale verrebbe fuori come una carità, un'elemosina... E come faremmo a dire la verità, elemosinando?»

«Se voi...,» osò un altro: «Se voi ci deste un consiglio... Ai partiti già ci siamo rivolti, ma o stanno zitti o ci vogliono intruppare...»

«E già: partiti e preti...,» sorrise Russo.

«E qui invece dobbiamo restare liberi,» s'accaloravano gli altri: «Noi ci rispettiamo, anche se la pensiamo diversamente. Ma se ci vendiamo a un partito, voi sapete...»

Gioacchino Russo aveva posato il bicchiere. Pensieroso, le palpebre quasi chiuse, ristette in un silenzio che subito, da lui, s'estese a quei ragazzi, in avanti puntati a aspettare.

«Ci vuole una donazione privata,» cominciò infine Russo: «Una persona particolarmente intelligente, che capisca...»

Intorno attendevano, sogguardando.

«Io un'indicazione potrei darvela,» sospirò Russo quasi a fatica: «Ma è un nome che vorrei pronunciare solo tra amici come voi...»

I giovani aspettavano.

«Noi... Più devoti di noi, non solo amici. Devoti,» infilò nel silenzio una voce, finora rimasta zitta.

Gioacchino Russo fumava, pensava.

«La signora Castiglia, di Montrone, la madre dell'imputato in questo processo, già famoso prima che sia cominciato,» disse piano, con tono tranquillo: «È non solo una signora filantropa, ma una testa civilissima. Lei capirebbe. Certo, non è il momento più favorevole, con il dolore che prova...»

Li vedeva attorno a sé, ansiosi, ormai incapaci anche a sollecitarlo.

«Sì, lei potrebbe,» riprese Russo guardando nel vuoto: «So che queste cose ama farle. Ma è il momento che non mi sembra tra i migliori. Certo io potrei appoggiarvi...»

I giovani si agitavano, scambiandosi occhiate.

«Con duemila lire, forse tre, al massimo,» uscì finalmente uno: «Noi potremmo cominciare benissimo...»

Gioacchino Russo rifletteva, la mano lisciava i baffi l'uno dopo l'altro, lentamente. Le brevi frasi che ora i giovani gli lanciavano, rimbalzavano contro il suo aggrottare dei sopraccigli, la piega dura della labbra.

«Voi,» sorrise infine, come liberandosi da chissà quale intrico di riflessioni. «Dovreste fare così. Promettere, con tutte le cautele, vivaddio!, perché siamo davanti a una signora finissima, promettere che sosterrete la causa di suo figlio. Voi siete studenti, due di voi m'han detto che sono iscritti a legge. E allora, studiate il processo, mezzo da avvocati, mezzo da giornalisti, un orecchio all'aula e un orecchio alla voce, al sentimento popolare. Oltretutto questo vi permette di lanciare un giornale vivo, legato con la realtà... Senza la realtà il lettore come lo tenete? Con la poesia, i raccontini? Almeno all'inizio, cominciare con una materia così umana, così travolgente, vi aiuterebbe. O no? Sapete, io poco m'intendo...»

I giovani si guardavano l'un l'altro, eccitati.

«Quello che dicevo,» scattò uno agitando le mani: «Bisettimanale, due pagine di interviste su cosa pensa la gente di Avellino. Le madri di famiglia, gli insegnanti, gli ufficiali, i notai, il sindaco, tutti insomma. Che si trovino stampati nomi e cognomi e cosa pensano del processo. Ma è una grandissima idea! E il giornale parte come un vapore!»

Gioacchino Russo li lasciava parlare, seguendo con un leggero sorriso quella passione ora spezzettata, ora fusa, finché anche le ultime ragioni d'uno di loro, che s'era spinto a difendere il valore di certa insopprimibile pagina culturale, furono placate, ammorbidite, rimandate.

«Ecco,» riassunse Russo: «Dovete andare a Montrone. Magari prima potreste scrivere una lettera alla signora Castiglia. Le direte che avete parlato con me. Io, da parte mia, le manderò un biglietto. Sono in contatto con lei...»

Gli altri fremevano, le mani incapaci di star ferme.

«Intanto potremmo incominciare con voi,» sbottò uno: «Eccellenza, avvocato, se potessimo avere qualche impressione vostra sull'affare Castiglia, nel caso il giornale potesse uscire subito...»

Gioacchino Russo scuoteva il capo cercando di resistere.

«Che volete che dica?» rispose allargando le braccia: «È una storia di passione. E la passione è in fondo a ogni azione, si compenetra, si fonde talvolta con l'esistenza stessa dell'uomo. Mentre vi aspettavo, qui, riflettevo: quest'uomo, Gaetano Castiglia, è forse come il Giovanni Episcopo di D'Annunzio? Anche questo è un problema, con un fondo solo, la passione. È la passione che fa gridare a san Paolo: chi mi libererà da questa carne di morte... Onde Taine: io sono la mia stessa passione. Forza necessaria, allora, per cui Amiel afferma che senza di essa l'uomo non è che una forza latente, una possibilità, una piccola pietra che aspetta l'urto del metallo per mandare scintille... Io non tenterò, amici miei, di sfoderare mille ragioni superflue, né cercherò attenuanti con l'avara lanterna del mercante. Il mio compito è uno: spiegare, indagare, per dirla con Dante, com'è che *lo dolce seme diventa amaro...* Un'intervista, amici miei, no. Non adesso. Parlate con la signora Castiglia, ma affrettatevi. Stasera stessa. Mi lasciate e le scrivete. E io vi prometto che avrà due mie righe entro domani, per la vostra causa. Poi, per il vostro primo numero, se insistete davvero, potrò rispondere per iscritto a certe domande. Ma per iscritto, eh?, perché io devo essere chiuso nel mio studio per riflettere veramente. E poi, se scrivo e firmo, è anche più serio...»

Alcuni già gli ruotavano intorno, in piedi, e anche gli altri subito scattarono appena Gioacchino Russo si staccò dalla sedia. Ristettero facendogli largo.

«Ma,» osò ancora uno di loro: «Il processo sarà a porte chiuse. È quasi deciso, vero? Come faremo a avere notizie?»

Russo sventolò una mano in aria.

«Porte chiuse,» ripeté ironicamente: «Mai nessun processo lo si è riuscito a fare a porte chiuse. Le notizie volano, filtrano, l'aria passa attraverso le fessure. Vedrete i giornalisti di Napoli, di Roma, come riusciranno a sapere! E poi ci sono i carabinieri di servizio, e tutti gli omini del tribunale, che sono come topi, corrono e filano e sanno, dappertutto. E il mio segretario: vi aiuterà. Porte chiuse: le edizioni straordinarie usciranno a Napoli con quello che verrà fuori tutti i giorni da quelle porte chiuse!»

Ridevano, gli si stringevano ai fianchi. E un largo sorriso ora stendeva la faccia dell'uomo.

Stringeva mani, si piegò con la sigaretta su un cerino prontamente acceso.

«Amici miei,» disse ancora distendendo il petto. «Il piacere di essere circondato da giovani non potete conoscerlo, beati voi...»

Li guardava tra il battere delle ciglia, scuotendo appena le ciocche sulle tempie. E gli altri, commossi, ammutoliti, gli ondeggiavano intorno.

«Onore nostro...,» disse uno.

Altre voci si spezzarono in ringraziamenti confusi.

«Vedete? Con voi riesco a confidarmi. M'avete sentito,» riprese Russo abbracciandoli in uno sguardo: «Quello che v'ho detto, della passione, me lo sono chiarito parlando,

Neppur io l'avevo afferrato così bene, prima. Eh, la giovinezza è uno stimolo, un tonico...»

Si torcevano agitati sulle sedie.

«E Gaetano Castiglia? Gli parlate? Com'è?»

Gioacchino Russo sostenne le domande con volto severo.

«No, ancora non l'ho voluto vedere. Domani. Forse domani. Per me è un incontro troppo importante. Per me non è un qualunque uomo da difendere... Voglio dire...»

S'interruppe, come cercando con la mano alzata l'espressione esatta, che incidesse.

«È un uomo da cui so di dover imparare,» disse infine sottovoce, abbassando gli occhi: «È un uomo, lui, un grande fatto umano, un *vir*. Ancora non so spiegarmi... Un avvocato, famoso o infimo che sia, di solito è superiore al suo protetto. Ma in questo caso: siamo almeno pari. Sento che lo devo affrontare non come cliente, ma come avversario, addirittura. Una nobile contesa sarà la nostra, di idee, di sentimenti, e con me stesso, anche perché sarò costretto a fare la parte del diavolo. Eh, la vena crudele del lavoro, quando diventa mestiere, e ci fa dei tecnici che si piegano, mezzo nemici mezzo confessori, sul cuore umano...»

Sventolò la mano come per racchiudere in una pietosa parentesi le ultime cose dette.

«Insomma,» sorrise poi: «Proprio m'avete obbligato a confidarmi. Però: che queste cose non corrano in giro. Io... il cavaliere errante devo sembrare...»

S'aggrondò a guardarli, uno a uno, in un attimo di silenzio che si chiuse attorno al tavolo come un suggello.

«Vorrei restare con voi,» sospirò infine Russo, come abbandonandosi: «Ma anche stasera: il lavoro, lo studio... Ma sappiate che io non dimentico niente: la signora Castiglia avrà il biglietto che vi riguarda, domattina.»

Gli sguardi eccitati dei ragazzi lo investivano dal basso all'alto.

«E poi,» si rassegnò Russo con un ampio gesto: «Ci sarà il

processo. E tutto si consumerà in parole... Ma voi, voi, verrete a trovarmi quando sarò qui per il processo, vero? Alla sera, all'ora del passeggio, vero?»

«Ma avvocato... È onore nostro...,» balbettò una voce.

«Sapete, i pensieri della sera...,» si rinchiuse Russo.

Ma subito fu pronto a rialzare lo sguardo.

«E ora dovete proprio lasciarmi. Aspetto gente. Mi raccomando. Siate delicati con quella signora. E ci vediamo, poi: e andremo in passeggiata per Avellino, sta bene?, come peripatetici, Socrate e i suoi discepoli, *si licet*... Addio, ora, e grazie...»

Erano in piedi, s'inchinavano, buttando giù la fronte, uno per volta, allo stringergli la mano.

«Benedetto Croce,» volle osare ancora uno sporgendo il collo avanti gli altri: «Io ho letto tutto. Ma qui non si può mai parlare con anima viva. Voi certo v'intendete... Parleremo, vero?»

Li tacitò con un sorriso.

Ancora si voltavano a salutarlo, chi con un timido cenno di mano, chi con un inchino.

Benché riluttante, si rassegnò a un ennesimo caffè. Pentito, volle correggerlo con una goccia appena di liquore.

Si sentiva esausto, molle nei muscoli. Allontanata ogni preoccupazione, seppe concedersi allora una pausa smemorata, in attesa di Colantuoni.

Al colmo del passeggio, trafelato lo raggiunse Colantuoni. Sedette agli ordini, sospirando.

L'ombra era densa, ormai, colava compatta dalle masse nere dei platani e dal cielo vellutato, dando più vita ai globi dei caffè, delle sparse osterie, alle facce degli uomini che si muovevano nello spazio compreso tra i muri e le file di sedie raccolte all'aperto attorno ai tavoli.

«Una caserma,» si lamentò Russo sottovoce: «Mi par d'essere in una caserma.»

«Eh, sì, avete ragione,» cercò di scusarsi Colantuoni: «Tutti questi soldati...»

Ma già l'altro non lo ascoltava più, nauseato per i caffè e i vermut bevuti a forza.

«Volete che vi accompagni al ristorante?,» azzardò Colantuoni.

«Accompagnatemi, accompagnatemi,» sbadigliò Russo scontrosamente: «Ma non vi mettete idee, eh? Spiacente, ma proprio voglio starmene un po' in pace.»

«Ci mancherebbe, eccellenza. Solo per il piacere di indicarvi il locale...»

«Andiamo. Questa gente mi dà un fastidio...,» si tirò su Russo a fatica.

S'infilarono nell'intrico del passeggio, Colantuoni ora avanti, come a far largo, ora un passo indietro. Dalle rade vetrine dei negozi occhieggiavano in mostra umili cose, biancheria, scelte di sementi, scarpe, vasi di coccio.

«Là, il ristorante è il migliore,» indicò a braccio teso Colantuoni.

«E va bene. Buonanotte. E... intesi,» rispose Russo abbandonando il marciapiede.

S'avvicinò ai vetri del ristorante di malavoglia, ma subito, tra le foglie acute delle palme, ebbe una scoperta fortunata.

E bravo il nostro illustre Fiore, nonché don Antonio, si godette tra i denti decifrando la testa calva china sul piatto oltre i vetri.

Rimase un attimo a centellinarsi la scoperta, poi spinse la porta.

«Un'Assise completa,» rise fragoroso entrando e subito Fiore fu in piedi, il tovagliolo pendulo dal colletto. Non era solo, al tavolo due sconosciuti rimasero allocchiti a scrutare.

«Parte civile contro di te, farabutto, disgrazia mia,» lo spingeva all'indietro Fiore dandogli buffetti allo stomaco. Si ripararono dietro una colonna, tra le punte aguzze delle palme. Si strinsero le mani.

«A ventre a terra, questa volta, eh?,» sospirò Fiore corrugando la fronte.

Russo sorrise, si lasciò scivolare su una sedia e subito anche Fiore sedette, scostando i bicchieri rovesciati, i tovaglioli ricciuti a montagnola.

«Non dirmi che ti sei già rassegnato,» sorrideva ancora Russo.

Fiore sbuffò, agitò le mani all'altezza degli orecchi.

«L'assolverebbero anche se lo difendesse un novellino. Hai visto i giornali di stasera? Tu, tu, tu, in tutte le pagine, in toga e senza toga: a Napoli cominciano appena adesso. Eh, in un bel guaio mi sono cacciato...»

Sorrise torpidamente, l'occhio attento all'avversario.

Russo torceva la bocca.

«Armi ne hai. Puoi chiedere perizie. Eh, sì, puoi fare...,» disse poi a fior di labbra.

«Ma che faccio, Gioacchino mio. Ceri, posso accendere ceri,» s'eccitò un attimo l'altro: «Via, non esagerare. Mi vuoi cornuto e bastonato? Proprio tu vuoi consolarmi?»

E rise tra i denti.

Un cameriere s'era avvicinato cautamente tra le palme, sostò un attimo, un gesto di Russo lo allontanò.

Rimasero a guardarsi in silenzio.

«Parola mia, li sentissi a Napoli! Tu hai fatto bene a sparire. Tutti ti cercano. Osassero: ti pagherebbero perché gli lasciassi una causa simile...»

«Chi,» domandò placido Russo.

«Tre, tre,» rispose Fiore e alzò le dita: «Almeno tre. Con questi orecchi li ho sentiti. Fa' scongiuri, per gli accidenti che ti mandano i nostri colleghi. Ma quelli proprio molto in alto, m'hai capito...»

Russo s'allentò in un riso da cui subito anche Fiore fu contagiato.

«Tu a Avellino. Parte civile. Come potevo aspettarmelo,» sorrideva ancora Russo.

L'altro allungò una mano a battergli sul polso.

«Una cosa si dirà: che cederti è sempre un onore. Ripensandoci, meglio così,» riprese Fiore: «T'immagini farsi battere da un novellino. Ed era possibile! Almeno, con te, uno si può sempre consolare. E non potranno mai darmi addosso.»

Sudava lungo il cranio. Scioltosi il tovagliolo, lo premette a lungo sulla fronte.

«Una cosa t'assicuro,» fece Russo: «Il tuo Carbone, non lo chiamerò a testimonio. Non so che farmene.»

«Non sai che fartene,» ripeté Fiore subito sovrappensiero.

«Te lo lascio tutto,» rincalzò Russo.

«Già,» s'agitò immediatamente l'altro: «Proprio il seduttore ti porto in assise, proprio io te lo porto. O Gioacchino!, ma mi pigli per un sant'Antonio!»

E nervosamente rise, scuotendo la testa lucida.

«Beh, come Dio comanda!,» si scrollò di dosso: «Auguri non te ne faccio, non ne hai bisogno. Fanne tu a me, invece. Se ne esco degnamente, è già un successo.»

«Via, non esageriamo,» lo consolò Russo.

L'altro sospirava; le gocce di sudore si riformavano vivamente, appena il tovagliolo era passato.

«Devo tornare,» disse rimuovendosi dalla sedia: «M'aspettano. Dammi retta: qui dentro, niente affettati, non fidarti. Una pastasciutta e basta.»

«Grazie,» rideva Russo.

Si strinsero le mani attraverso il tavolo.

«E quel tuo Castiglia, eh?, che tipo è?» domandò ancora Fiore sporgendosi.

Russo ebbe un sospiro.

«Lo vuoi sapere?» rispose: «È la mia croce. Ma sai che da tre giorni cerco di parlargli e non ci riesco? Purché non si metta in testa di fare il pazzo. Sai, l'aria dell'Assise...»

«Non l'hai visto! Mai!,» era rimasto a bocca aperta Fiore.

«T'ho detto: mai!,» alzò la mano Russo come in giuramento: «Si rifiuta. O dice che non sta bene. Insomma: un guaio. Tu, però, mettiti una mano sulla coscienza, e zitto.»

«Diamine,» incrociò le mani sul petto Fiore: «Mi conosci!»

Russo si perse in un sorriso a occhi chiusi.

«Eh, so io dove andresti a fantasticare, don Antonio bello. Ma ti sbagli,» disse.

«No, credi a me, proprio non ho voglia di fantasticare, in questa causa. Per me è andata, te l'ho detto. Saputo di te, volevo persino ritirarmi. Ti giuro.»

Ancora si strinsero le mani.

Il cameriere apparve esitando tra le foglie di palma.

«Vino in ghiaccio,» ordinò subito Russo.

Una certa sonnolenza gli gravava sulle palpebre. Al riparo della colonna si sentì protetto dagli sguardi della gente. Allungò le gambe sotto il tavolo, rifiutandosi di pensare.

IV

Gaetano Castiglia s'era alzato e passeggiava ora per la stanzetta, le mani intrecciate sul dorso, in silenzio.

«Capisco,» disse Russo: «Adesso siete un altro uomo. Ma non dovete rifiutare aiuti, restare lontano da tutto. La vita è un dovere anche per voi...»

Seguiva l'andirivieni di Castiglia con occhio soddisfatto. Venti giorni di solitudine in carcere non avevano lasciato traccia nell'aspetto del medico, accuratamente sbarbato, con impeccabile piega al pantalone.

«Mia madre,» rispose Castiglia proseguendo nel suo moto: «Solo a lei penso. Le scrivo. Lei appena risponde. Mi fa avere notizie, pacchi, ma non una riga. Io le ho già scritto tre o quattro volte. Sento che mi è nemica. Non mi ha ancora perdonato. Il matrimonio, voglio dire, non mi ha ancora perdonato, ne sono sicuro...»

Gioacchino Russo non volle addentrarsi a consolare o a discutere di quei tetri umori, se ne restò zitto, la sigaretta al labbro, riflettendo. Poi si decise a affrettare i tempi.

«A Dio piacendo,» disse: «è finito tutto. Ora dovete avere coscienza di voi stesso. I vostri sentimenti sono nobilissimi, amico mio. Certo, la solitudine vi ha impegnato a pensare. Ma che volete? Vivere in una torre d'avorio? Adesso sì. Ma dopo il processo? Ritirarvi in un lebbrosario indiano? Un uomo come voi! Nella vita dovete buttarvi, e fare, disfare, comandare.»

Castiglia sorrideva sottilmente, come distante, anche se

commosso, dall'infiammata parola di Russo. Lo guardava, ora impalato a gambe larghe, le mani in tasca, gli occhi socchiusi.

«Voi, che siete stato in America, che potreste, oggi come oggi, mettervi sotto duecento delle più belle donne di Napoli!» proseguiva Russo infervorato: «Fronte alta, allora! Nessun complesso!»

Castiglia annuiva lentamente, quasi ironico.

«È che sono un altro uomo. In venti giorni a pensare, uno matura più che in dieci anni,» rispose sottovoce: «Mi sembra di capire di più, oggi, di giudicare meglio il mondo. Anche sentendomi solo, non me ne dispiace. So che dovrò esser solo per sempre...»

Russo, la fronte corrugata, lo ascoltava, misurando con l'occhio i pochi metri della stanzetta, la finestra, sbarrata in alto, che inquadrava un cielo intenso. Da qualche punto lontanissimo arrivavano grida di bimbi in gioco.

«Nessuno m'ha ancora capito,» s'incupiva Castiglia: «Lo so che tutti credono di poter spiegare, comprendere. Ma s'illudono. No, io sono un altro, il Gaetano Castiglia di una volta è seppellito per sempre...»

Russo non volle spendere altre parole di consolazione, esortazione. Appoggiato coi gomiti al nudo legno del tavolo, aspettava, placidamente, ogni tanto muovendo la testa in rapidi cenni d'assenso.

«Non vorrei bestemmiare,» aggiunse Castiglia con un ultimo sorriso: «Ma io non provo voglia di uscire da qua dentro. Veramente. Sì, certe volte... Ma se rifletto un attimo, trovo che qui sto bene, non avendo a che fare con questo sporco prossimo...»

«Grandi parole, bella nobiltà d'animo,» fu costretto a rispondere Russo: «La pace, certo, il convento, la contemplazione. Ma non ne abbiamo il diritto, nessuno di noi ce l'ha. E neanche voi. Accetterete la libertà, se così si può dire, perché anche questa è una legge.»

Castiglia riprese il suo andare, le mani strettamente unite, il mento poggiato sul colletto di seta.

«Certo,» rispose: «Parlavo teoricamente. Forse perché è consolante confidarsi con voi. Scusate la libertà: ma ogni uomo, un amico come voi, un padre o un fratello come voi, avrebbe il diritto di averlo, no?»

Russo alzò le mani a mitigare.

«A voi potrei parlare di Sabina, di come pensavo con lei, e come eravamo, come speravo,» s'era lasciato andare Castiglia: «Con voi...»

Tacque, il volto liscio si costrinse a una smorfia di scusa.

«Allora,» cominciò Russo puntellandosi sui gomiti: «Vista la confidenza: non ho l'età per esservi padre, fortunatamente, ma adesso ne ho quasi assunto le funzioni. Voi non dovete solo aiutarmi, ma credermi.»

«Benissimo: questo si capisce,» sorrise Castiglia.

«Oh, finalmente,» sospirò Russo come al termine di una lunga ansia: «Dunque: voi dovete starvene tranquillo, mangiare, bere, non cedere coi nervi. Tra un paio di mesi tutto sarà finito. Forse prima, se non dovremo rimandare il processo.»

«Rimandare?» s'impensierì Castiglia.

«Eh, per la formazione della giuria. Persone inaccettabili, persone da scegliere. Gente che può esprimere giudizi diversi. Ma non preoccupatevi. Leggete, pensate a vostra madre, distraetevi. Il peggio è intristirsi, qua dentro. Ma se vi trattano come ne avete il diritto, e così m'avete confermato, allora anche il tempo non fa danno.»

Castiglia, le mani affondate nelle tasche, ricominciò a muoversi, una ruga attraverso la fronte, gli occhi che puntavano diritti in avanti.

«Vedete,» disse: «Io credevo che veniste con carte da firmare, domande da farmi. Chissà cosa mi ero immaginato. Invece niente di tutto questo. Siete qui come un confessore, niente chiedete, che cosa vi aspettate da me non lo so. Vi aspettavo anch'io, e vi sono amico, ma adesso?, che ho da fare? Parlarvi di quello che ho fatto?»

«Ma questi sono problemi di coscienza, e a ognuno la sua,» sbottò deciso Russo: «Non ci mettiamo a filosofare su queste cose. Tutte belle e sacre. Noi siam qui per confermarci reciproca fiducia, rispetto...»

Si fermò, sogguardando l'effetto delle parole.

Castiglia, fermo, la massiccia schiena voltata, mirava la finestra in alto.

E Russo ancora si sporse in avanti.

«Ma sapete che usciranno giornali nuovi, e manifesti, per parlare di voi? Sapete che vi verranno a prendere da Montrone, sissignore, avete la mia parola, con la musica? Mettetevi una mano sulla coscienza: ma che volete di più?»

Castiglia girò le spalle, mostrando quel sorriso intimidito e chiuso.

«Io? E chi chiede? Chi pretende?»

Con un ampio gesto Russo significò resa, concessione, accettazione.

«Sa Iddio se vi rispettavo,» riprese da lontano un'altra volta: «E sa Iddio se più vi rispetto oggi, qua dentro. Ma se mi volete tenere sulle nuvole, e lo potete, e io vi starei a sentire, badate bene, se mi volete tenere nel cesto come Socrate, sarà gran nobiltà, ma perdiamo tempo.»

«Tempo,» sorrise Castiglia: «Ne avrò di tempo...»

«Ma io devo cominciare a spiegarvi la linea di azione che dovremo seguire,» scattò Russo: «E voi mi pare che vogliate guardare le cose dall'Olimpo. Eh, perdio.»

Annuendo Castiglia si persuase a sedere sullo sgabello dall'altra parte del tavolo. Poggiò con le braccia, chiuse il mento sul petto.

«Mi dovete scusare,» pronunciò.

«Eh, amico mio,» si lamentò ancora Russo.

Rimasero in silenzio un attimo, l'uno piegato, l'altro a

guardarlo, dalla scriminatura dei capelli alle mani incrociate sul tavolo.

«Vedete,» cominciò poi Russo con un grande sospiro: «Noi abbiamo grandi vantaggi sulla parte civile, sul pubblico ministero. E il presidente del tribunale lo conosco bene. Ma ci sono anche certe minacce. C'è tutta un'ala della magistratura che si batte contro le pene, a suo dire troppo miti, concesse di solito a chi è incolpato di un delitto d'onore. E in questa occasione s'accenderà tutta una battaglia. Ne sento l'odore. La vinceremo certo contro questi falsi progressisti, ma dobbiamo organizzarci, prevedere...»

«La dichiarazione che ho lasciato ai carabinieri, subito dopo. Ho sbagliato?» avanzò in fretta Castiglia.

«Perfetta, assolutamente perfetta,» sottolineò subito Russo: «Gran documento umano, ma anche un testo prezioso. Gli altri vorranno scoprirvi la premeditazione, si capisce, ma io potrò invece dimostrare, proprio con le vostre parole, il *raptus* che vi ha fatto maturare il delitto inevitabilmente. Non premeditazione, ma oscuro lavoro della coscienza, non il prodursi di una raffinata mente criminale, ma un moto interno, lucido, imperativo. Questa è materia mia, non dubitate.»

«Non dubito. Sono nelle vostre mani,» s'aprì Castiglia: «Da voi dipendo.»

«Oh,» sospirò largamente Russo: «E non dovrete offendervi se sentirete parlare di follia, degenerazione, eccetera.»

Castiglia annuì torcendo appena le labbra.

«Si capisce,» spiegò Russo: «Sono armi dell'avversario. Potrà anche non usarle e allora si vedrà se sarà il caso di usarle noi. Di fronte a un giusto fine non bisogna disquisire troppo, m'avete capito...»

Spense la voce prima di concedere altre parole. Con un gesto mascherò nuove risorse, imprevedibili possibilità.

«Mi sottoporranno a perizia?» domandò Castiglia.

«Noi non la chiederemo. Non eserciteremo questo diritto,» s'aggrondò Russo: «Forse gli avversari. Ma non credo che oseranno, vi sanno medico. Tatticamente non gli conviene.»

Il mento sul petto, le pieghe che dal naso scendevano profondamente fino agli angoli della bocca, Castiglia rifletteva, ogni tanto riprendendo come un antico sospiro.

«Non dovete preoccuparvi,» disse ancora Russo: «Lo sanno tutti che la pazzia di cui si discute in Assise è una cosa e la pazzia vera un'altra. Eh, perdio, non vi allarmerete per questo proprio voi, medico, chirurgo e tutto il resto!»

«No, certo no,» esalò Castiglia.

Per un lungo minuto non parlarono più, Castiglia immobile, come assorto in qualche suo curioso pensiero, Russo intento a studiarlo.

Lontano, ancora s'alzavano, rare, improvvise, le voci dei bambini in gioco, nel riquadro della finestra il cielo non aveva scalfito di un'ombra la sua lucida compattezza estiva.

«Dovreste vedere la città. Una febbre,» ricominciò poi l'avvocato: «Non si parla d'altro. E questo è bene, come potete capire. Fanno affari persino gli artigiani dei botti, giornalisti sono arrivati da Torino, sentite, da Milano. In questo momento avete più spazio voi sui giornali che Mussolini...»

«È bene davvero?» domandò Castiglia senza alzare gli occhi: «Il tribunale non proverà fastidio?»

«Ve lo devo ripetere? Eccovi, allora: è uno zucchero, una manna celeste,» scandì Russo col dito alzato: «I giurati, il presidente stesso, il pubblico ministero, non possono ignorare lo slancio dell'opinione pubblica. Giuro che non vorrei essere nei panni degli avvocati di parte civile. Hanno tutti contro, non sono considerati... Li capisco, eccome. S'appelleranno alla magistratura, ai giurati, gli diranno che è necessario un grande esempio, eccetera eccetera...»

«Allora voi siete proprio sicuro. Niente vi spaventa,» sussurrò Castiglia.

«Ma ve l'ho detto e ripetuto. Mi sono esposto con dichiarazioni, private e pubbliche,» si lamentò Russo, ora in piedi, le braccia spalancate.

«Va bene, va bene, così m'aspettavo,» pronunciò sottovoce Castiglia.

Rialzando gli occhi, si staccò dallo sgabello, furono l'uno di fronte all'altro.

«Volete che ve lo giuri?» ripeté Russo affondando le mani nelle tasche: «È una mia battaglia, ora è mia più che vostra. Più di voi ho voluto scegliere questo rischio.»

«Va bene, non dite altro,» pregò Castiglia passandosi una mano sulla fronte, come soffrendo: «Vi credo. La parola vostra...»

«Vi porterò via di qui sottobraccio, un minuto dopo la fine del processo. Parola di Gioacchino Russo,» aggiunse l'avvocato, senza calore: «Ma adesso voi dovete tirare una croce sui dubbi, i patemi, le angosce. Per voi, per l'avvenire. No, non negate l'avvenire. Ora dobbiamo parlare. La linea è poi semplice: non dovrete mai aggiungere o togliere una parola da quello che avete detto e sottoscritto ai carabinieri. Tutto lì. Ma abbiamo tempo per i particolari. La prossima volta.»

«Sì,» rispose Castiglia come sovrappensiero: «E dopo partirò. Un po' di tempo a Napoli, o a Roma. Dovrò farlo.»

«Ora sì che ragionate,» gli premette una mano sulla spalla l'avvocato: «Ora siete l'uomo che mi aspettavo.»

Rimasero nuovamente in silenzio fronteggiandosi, evitando sguardi troppo diretti.

«Ci vedremo tra quattro giorni,» prese infine a salutare Russo.

Castiglia s'agitò un poco.

«Mi dispiace per oggi,» disse in fretta: «La commozione, la tristezza che ho dentro... Non v'ho neppure chiesto se gradivate un caffè, qualcosa. Me lo avrebbero portato. Qui sono tutti gentilissimi, per la verità. A quest'ora, di solito, io faccio un po' di merenda. Sì, come i bambini...»

«Grazie, grazie,» gli rispondeva Russo alla porta: «La

prossima volta. E ricordate: riposo, nessun rovello. Nessuno vuole vedervi distrutto, all'inizio del processo. Né superbo né distrutto, questo è il vero grande segreto. Ma è inutile che ve lo raccomandi. Ormai l'avete capito benissimo, se Iddio vuole!»

Ancora scambiarono un'occhiata. Castiglia, di nuovo seduto sullo sgabello, annuiva, una mano alla fronte.

«Molto bene,» fece Russo: «Ero sicuro che avreste ripreso coscienza.»

Castiglia sospirava, gli occhi fissi al legno del tavolo.

«Eh, no,» allargò le braccia Russo: «Non lasciatevi andare un'altra volta. Qui dobbiamo essere uno. Voi ed io, uno sull'altro, dobbiamo essere la stessa persona. Su con la vita!»

Castiglia scuoteva la fronte nella mano.

«Ma io ho ucciso,» sospirò senza rivelare lo sguardo: «Io, io solo. Voi venite a farmi la parte. Avete ragione, dovete scusarmi. Ma io solo ho fatto quel che ho fatto.»

Russo rimase un attimo fermo, a bocca aperta. Poi qualcosa gli scattò in petto, una lama fredda di furia raziocinante. In un passo aggirò il tavolo, sollevò Castiglia prendendolo sotto l'ascella, se l'ebbe davanti. Le palpebre dell'altro sbatterono pesantemente.

«Ah, no, signorino,» sillabò Russo. E la voce gli uscì precisa, durissima: «No, scusatemi, ma quando è no, signornò. Tu il rasoio, tu il revolver, e va bene. Ma hai fatto giustizia, no? Dimmi: sai di aver fatto giustizia?»

«Certo,» stentò Castiglia, impallidito, allontanando a fatica la faccia.

«Hai fatto giustizia. Ripeti.»

«Sì, lo giuro, l'ho sempre saputo.»

«E anch'io lo so. E tutti lo sanno. Ma qui non siamo in Assise, qui stai con me. Niente commedie. Rimorsi no, va bene? L'amore oltre la morte, e così via, benissimo, ma non tra noi, va bene? Capisci? In aula io non voglio pazzie, lamenti, pianti...»

Restò soffocato dal suo stesso freddo parlare, allentò la stretta, Castiglia arretrò appena riassettandosi la giacca.

«Ma che vi ha preso,» borbottò con una smorfia di sorriso.

«Eh, so io, so io,» trinciò l'aria Russo: «Io sono come voi. Forse non saprei uccidere, ma sono come voi. È un mondo, il nostro. E voi lo confermate. Lo difendete. Ma non perdiamo la testa, non ingarbugliamoci con i pentimenti, i sentimenti di colpa, e altre scemenze. Capito? Il dramma c'è già, non dobbiamo inventarcelo. Allora basta: lo recitiamo fino in fondo. La parte vostra l'avete avuta? Adesso tocca a me. E scusate tanto, ma mi dovete ubbidienza. Sotto il vostro letto io non c'ero, se ci fossi stato vi giuro che non avrei alzato un dito per fermarvi. Lo giuro. E così dovrete fare voi, da oggi fino alla fine del processo.»

«Va bene. Grazie,» rispose Castiglia ritornando a sedere.

«E quando torno qui, non mettetemi davanti delle scuse, che avete la malinconia o altro. Come un bambino,» rincarò Russo, ma smorzando la voce.

Castiglia sospirò, gli si spense il sorriso.

«Grazie, grazie a voi,» rispose con la voce affilata, come se una straordinaria stanchezza di nuovo l'avesse colpito al centro dell'animo.

«Vi vedremo sindaco, a Avellino, quant'è vero Iddio!» concluse Russo.

Castiglia scrollò appena le spalle.

«Se lo vorranno,» fece noncurante: «Se insisteranno...»

«Bene, bene davvero,» fu l'ultima parola di Russo.

Per i corridoi seguì un uomo in divisa, uscì in cortile. Vacillò un attimo, respinto dall'aria incandescente.

Si sentiva provato, ma anche intimamente più solido, con una concreta certezza in petto. S'arrampicò sulla carrozza che lo aveva atteso di fronte al carcere, in un sospiro allungò le gambe per riposare.

Pensò con protratta lentezza alla delizia di caffè che si sarebbe bevuto appena sceso in piazza.

Chiuse gli occhi, una grande soddisfazione gli si allargava in corpo, ora, istintivamente rafforzandosi, aggiungendo immagine a immagine, pensiero contro pensiero. La fatica restò relegata ai muscoli, il cervello si sprigionò fervido, conquistando, volando.

Castiglia, si tenne tra i denti e le labbra, accidenti al grandissimo fesso, sì, ma che gran gesuita, anche, che commediante. Testa a testa m'ha tenuto.

Sorrise in cuore: di quell'umano veramente inconoscibile, del mistero che siamo. E gli scoglionati che con la medicina legale, le leggi stesse, credono di incatenare la natura nostra.

Per la prima volta da quando era salito a Montrone, un gusto pieno di trionfo gli dilagò in ogni vena. Loro due, insieme, parimenti avrebbero vinto, dimostrando.

Si sentì completo, riccamente nutrito nella sfera di se stesso, del suo io giudicante e vittorioso.

Non risollevò le palpebre mentre il cavallo proseguiva, su pietre e lastre. Non aveva nessuna voglia di vedere il bruciante azzurro del cielo immobile su quella città, quei monti, che ormai non poteva guardare senza un lunghissimo moto di noia.

Ottobre-Dicembre 1960.

Nota

L'autore vorrebbe poter rendere atto a più di un amico per i preziosi consigli ricevuti durante il tempo del suo lavoro. Purtroppo un lungo elenco di nomi di persone care riuscirebbe solo a confermare l'ampiezza del debito e non a dimostrare la riconoscenza vivissima del debitore.

Un ringraziamento particolare, tuttavia, egli sente di doverlo esprimere nei riguardi di Dino Barelli, per certa determinante documentazione che sta alla base di questo romanzo.

Indice

Finito di stampare
il 14 giugno 1989
dalla Garzanti Editore s.p.a.
Milano

66666